UN NOUVEAU DANS LA VILLE

Georges Simenon, écrivain belge de langue française, est né à Liège en 1903. À seize ans, il devient journaliste à *La Gazette de Liège.* Son premier roman, signé sous le pseudonyme de Georges Sim, paraît en 1921 : *Au pont des Arches, petite histoire liégeoise.* En 1922, il s'installe à Paris et écrit des contes et des romans-feuilletons dans tous les genres. Près de deux cents romans parus entre 1923 et 1933, un bon millier de contes, et de très nombreux articles… En 1929, Simenon rédige son premier Maigret : *Pietr le Letton.* Lancé par les éditions Fayard en 1931, le commissaire Maigret devient vite un personnage très populaire. Simenon écrira en tout soixante-douze aventures de Maigret (ainsi que plusieurs recueils de nouvelles). Peu de temps après, Simenon commence à écrire ce qu'il appellera ses « romans-romans » ou ses « romans durs » : plus de cent dix titres, du *Relais d'Alsace* (1931) aux *Innocents* (1972). Parallèlement à cette activité littéraire foisonnante, il voyage beaucoup. À partir de 1972, il décide de cesser d'écrire. Il se consacre alors à ses vingt-deux *Dictées*, puis rédige ses gigantesques *Mémoires intimes* (1981). Simenon s'est éteint à Lausanne en 1989. Beaucoup de ses romans ont été adaptés au cinéma et à la télévision.

Paru dans Le Livre de Poche :

LES 13 COUPABLES
LES 13 ÉNIGMES
LES 13 MYSTÈRES
L'ÂNE ROUGE
LES ANNEAUX DE BICÊTRE
AU BOUT DU ROULEAU
LES AUTRES
BETTY
LA BOULE NOIRE
LA CHAMBRE BLEUE
LE CHAT
LES COMPLICES
LE COUP DE LUNE
CRIME IMPUNI
LA DISPARITION D'ODILE
EN CAS DE MALHEUR
L'ENTERREMENT DE MONSIEUR BOUVET
LES FANTÔMES DU CHAPELIER
FEUX ROUGES
LES FIANÇAILLES DE M. HIRE
LE FOND DE LA BOUTEILLE
LES FRÈRES RICO
LA FUITE DE MONSIEUR MONDE
LES GENS D'EN FACE
LE GRAND BOB
LA GUINGUETTE À DEUX SOUS
LE HAUT MAL
L'HOMME DE LONDRES
L'HORLOGER D'EVERTON
LES INNOCENTS
JE ME SOUVIENS
LA JUMENT PERDUE
LETTRE À MA MÈRE
LETTRE À MON JUGE
LA MAISON DU CANAL
MARIE QUI LOUCHE
MONSIEUR GALLET, DÉCÉDÉ
LA MORT DE BELLE
LA NEIGE ÉTAIT SALE
L'OURS EN PELUCHE
LE PASSAGE DE LA LIGNE
LE PASSAGER CLANDESTIN
LE PASSAGER DU POLARLYS
PEDIGREE
LE PETIT HOMME D'ARKHANGELSK
LE PETIT SAINT
LE PRÉSIDENT
LES QUATRE JOURS DU PAUVRE HOMME
LE RELAIS D'ALSACE
STRIP-TEASE
TANTE JEANNE
LE TRAIN
TROIS CHAMBRES À MANHATTAN
LA VIEILLE
LES VOLETS VERTS

GEORGES SIMENON

Un nouveau dans la ville

PRESSES DE LA CITÉ

Les personnages ainsi que les événements relatés dans cet ouvrage sont purement imaginaires et ne sauraient avoir de rapports avec des êtres vivants ou ayant déjà vécu.

ISBN : 978-2-253-13391-9 – 1re publication LGF

À Jean-Denis-Chrétien Simenon

1

Il se trouva installé dans la ville sans que personne l'eût vu arriver, et on en ressentit un malaise comparable à celui d'une famille qui apercevrait un inconnu dans un fauteuil de la salle commune sans que personne l'ait entendu entrer, ni que la porte se soit ouverte.

Il n'était pas descendu du train du matin, qui passe à huit heures, et il était là bien avant le train de nuit. Il n'était pas venu non plus par le bus.

Il n'avait pas de voiture ni de vélo. Quant à l'avion, il aurait fallu qu'un appareil privé le déposât à l'aéroport des Quatre-Vents, qui appartient au club local, car il n'y a pas d'aérodrome commercial à moins de cinquante milles.

Seule la femme de Dwight O'Brien, de la ferme des Quatre-Vents, justement, tout à côté du terrain, aurait pu connaître la vérité, et il aurait suffi pour ça qu'elle ne se retournât pas à certain moment. Elle venait d'allumer les lampes et, comme il traînait encore un peu de jour, elle n'avait pas fermé les rideaux tout de suite. Elle s'était attardée à la fenêtre, à regarder les premiers flocons de neige qui tombaient d'un ciel presque aussi bas que la cime des érables. Puis, parce que le bébé criait dans son berceau, elle s'était retournée.

L'homme l'avait vue, lui, de dos, dans la lumière dorée de la pièce. Avait-il deviné que c'était sur un berceau qu'elle était penchée ?

Il y avait encore pour quelques minutes de jour, d'un faux jour, au bout d'un après-midi d'un gris de crépuscule. L'auto venait du sud où il devait pleuvoir, car la carrosserie était étoilée de boue, il y en avait une épaisse couche, grasse et brune, sur les roues, et des taches tout autour de l'essuie-glace qui fonctionnait par saccades.

Les phares allumés avaient à peu près le même éclat assourdi que les fenêtres de la ferme O'Brien. L'auto s'était à peine arrêtée au carrefour. Le moteur avait continué à tourner, avec de la vapeur qui sortait du pot d'échappement. L'homme était descendu et s'était penché vers l'intérieur pour prendre son bagage, une petite mallette comme les joueurs de football en emportent quand ils vont disputer une partie à la ville voisine.

Le conducteur, qui fumait un cigare, avait seulement prononcé :

— Bonne chance !

L'homme ne s'était pas donné la peine de répondre. Tout de suite, il s'était orienté, avait choisi la route de droite, s'était mis à marcher de son pas que certains n'allaient pas tarder à trouver étrange, un pas sans nonchalance, mais sans fermeté, avec un curieux mouvement de côté de la jambe gauche, un pas toujours égal, si monotone et si égal qu'on arrivait à en guetter le bruit sur le trottoir comme on guette le grincement familier d'une porte ou le craquement d'une marche d'escalier.

On n'était qu'au début de novembre, mais, ici, en tout cas, c'était le premier jour de l'hiver. L'homme, s'il venait de loin, l'ignorait encore. Pendant les trois derniers jours, une tempête obsédante avait éparpillé les feuilles rousses des arbres, puis, soudain, vers midi, tout s'était immobilisé dans un grand silence, les nuages s'étaient arrêtés de rouler dans un ciel devenu sombre, uni, toujours plus massif, plus lourd, plus bas, jusqu'à l'instant où les premiers flocons s'en étaient enfin détachés.

C'étaient ces flocons-là que Lemma O'Brien avait regardés par sa fenêtre et qui tombaient maintenant un peu plus serrés, mais encore hésitants, fondaient sur le goudron de la route et sur la terre noire des champs.

La première lumière, à gauche, celle qui, mieux que la ferme de Dwight, marquait la limite de la ville, était celle des vieilles demoiselles Sprague et, à vingt mètres à peine, un peu plus bas, sur la route qui descendait, un écriteau annonçait : « Vitesse, 25 milles. » Mais les demoiselles Sprague avaient déjà fermé leurs stores vénitiens. Des enfants jouaient dans une cour, un peu plus loin, tirant la langue pour happer des flocons de neige, et ne prêtèrent pas attention à la silhouette qui passait.

Les lampes électriques, qui commençaient à hauteur de l'écriteau, étaient de plus en plus rapprochées, puis remplacées par des lampadaires à verre dépoli. La rue, ensuite, était bordée de trottoirs, et l'homme dut découvrir, en contrebas, un petit amas de lumières, comme une constellation, vers lequel il marchait toujours du même pas, sa mallette à la main.

La plupart des maisons de la colline étaient construites en bois, entourées de pelouses et d'arbres, et c'est à travers les branches qu'on apercevait les fenêtres éclairées, avec des enfants dans presque tous les intérieurs.

La rue, qui s'appelait Elm Street, était une des plus cossues de la ville. D'autres rues la croisaient, d'autres encore descendaient suivant des lignes parallèles, avec les mêmes pelouses et les mêmes arbres, les mêmes boîtes aux lettres au bord du trottoir, les mêmes maisons en forme de chalets, peintes en blanc, en jaune, en vert clair.

Puis, soudain, comme sans raison, les lumières douces cessaient et c'était, en bas de la pente, comme un trou noir où il n'y avait que quelques lampes aux rayons trop puissants et trop durs. On franchissait la voie du chemin de fer, un pont sur une rivière bouillonnante et les grandes fenêtres blafardes étaient celles de la tannerie.

On se demanda si l'homme était déjà venu dans la ville, car il ne s'arrêta nulle part pour s'informer de son chemin et il alla droit là précisément où il semblait qu'il dût aboutir.

Charlie lui-même fut longtemps persuadé que quelqu'un, dans une autre ville, lui avait donné l'adresse de son bar.

Pourquoi l'homme ne s'était-il pas arrêté à la première enseigne au néon, juste après la rivière ? C'était un bar aussi, qu'on appelait *la Cantine*, avec une façade peinte en rouge. Par la porte à claire-voie il avait dû entendre des éclats de rire, et l'odeur de bière et de whisky se sentait jusqu'au milieu de la rue.

Savait-il que *la Cantine* était pleine d'ouvriers qui, le samedi, venaient encaisser au comptoir le chèque de leur paie ?

Il ne s'était pas arrêté non plus dans Main Street, où l'*Hôtel Mose* attirait le regard, le seul hôtel convenable, où il y avait toujours un rang de voyageurs de commerce dans les fauteuils de cuir, flanqués de crachoirs, les pieds à la devanture.

Il lui avait fallu tourner à gauche après le magasin Woolworth, dans une rue encore assez commerçante, puis à droite, dans une autre rue où il n'y avait que quatre lumières en tout, pour trouver enfin le bar de Charlie.

Il en avait poussé la porte du même geste qu'il aurait pour la pousser les autres jours ; il était resté un instant immobile, un instant seulement, comme pour faire connaissance — ou pour retrouver une atmosphère jadis connue —, après quoi il s'était dirigé vers le comptoir sans saluer personne.

— Bonsoir, étranger ! avait lancé Charlie en essuyant la place devant lui.

Rien n'avait échappé à Charlie, ni la petite mallette, ni le coup de côté de la jambe gauche, ni le fait qu'il n'y avait ni train ni autobus à cette heure et que les pantalons de l'homme étaient crottés.

— Premier jour de l'hiver ! continua-t-il en fixant quelques flocons de neige sur le chapeau gris du voyageur.

Charlie était toujours cordial et familier et entendait être payé de retour.

« Il me regardait, devait-il dire plus tard, comme si j'avais été ni plus ni moins qu'un mannequin à un étalage. »

Une autre chose déplut à Charlie, un geste que fit l'homme, sans lui répondre, sans avoir eu l'air de l'entendre, pour tirer une cigarette de sa poche sans en sortir le paquet.

Il regardait les bouteilles du bar, tout comme s'il n'y avait pas eu un être humain devant lui. De la même poche, il tirait une allumette — pas une boîte — qu'il frottait sur le comptoir verni et, entre deux bouffées, prononçait :

— Bière !

Par la porte du fond, on voyait Julia qui allait et venait dans la cuisine. La radio jouait un air en sourdine et, sans savoir pourquoi, tout le monde s'était tu à l'arrivée de l'étranger.

La première voix à se faire entendre fut celle du Yougo, tout au bout du comptoir, assis sur le dernier tabouret, le dos contre le mur.

— Bienvenue ! lança-t-il de loin en tendant son verre de whisky, puis en le buvant d'un trait.

Après quoi il rit, car il était déjà passablement ivre, et adressa des clins d'œil à la ronde.

Ce qui vexait Charlie, au fond, c'est qu'en entrant l'homme n'ait pas paru le moins du monde étonné. Ailleurs, dans Main Street, par exemple, l'inconnu aurait trouvé des bars identiques à ceux qu'on voit dans toutes les villes des États-Unis, mais il aurait probablement fallu parcourir des centaines de milles pour rencontrer un endroit comparable à l'établissement de l'Italien.

La salle, où la lumière n'était pas assourdie comme ailleurs, mais qui, au contraire, était bien éclairée, était assez vaste, avec des cloisons de bois verni comme dans un bateau, des tables et des chaises en pitchpin clair.

Là n'était pas tellement la différence. Cette porte ouverte, au fond, par exemple, donnait sur une vraie cuisine, une cuisine familiale, où la femme de Charlie s'affairait et où tout à l'heure des enfants s'assiéraient autour de la table.

Si quelqu'un demandait à manger, on ne lui servirait pas un *hot dog* ou un sandwich, mais un vrai repas de ménage, avec de la soupe préparée à la maison.

Il n'y avait là que des habitués, des amis, et Charlie n'avait pas besoin de leur demander ce qu'ils désiraient boire. Il les servait d'office, connaissait leur histoire, leur famille, leurs soucis.

Or l'homme regardait tout ça avec ses gros yeux de poisson comme s'il n'y avait rien eu là que de banal.

— Vous venez du Canada ? lui demanda Charlie, comme par défi.

Autant jeter des cailloux dans l'eau. Et encore, les cailloux qu'on jette dans l'eau font des ronds à la surface, tandis que l'homme ne bronchait pas plus que s'il eût été sourd, à tel point que Charlie s'assura qu'il n'avait pas dans l'oreille un petit appareil, comme en portent des gens qui entendent mal.

Vexé, il s'obstina :

— Vous avez eu des ennuis avec votre auto ?

Tiens ! l'homme ouvrait la bouche. C'était pour répondre avec indifférence :

— Je ne suis pas venu en auto.

On aurait pu croire qu'il faisait exprès de se montrer étrange et désagréable. Charlie connaissait toutes les sortes de gens qui passent ou s'arrêtent dans une petite ville, et il essayait en vain de classer son nouveau client.

D'aspect, il aurait pu être de ceux qui font du porte-à-porte, dans l'espoir de vendre des brosses brevetées ou des aspirateurs électriques.

Il était petit, plutôt gras sans être gros. Il paraissait la quarantaine et quelque chose de peu soigné dans sa personne faisait penser qu'il devait être célibataire. Les deux doigts de sa main droite qui tenaient la cigarette étaient jaunis par le tabac et une demi-lune du même jaune sous la lèvre indiquait qu'il fumait ses cigarettes jusqu'à l'extrême bout.

Il était vêtu en homme des grandes villes, d'un complet bleu marine et de souliers noirs trop fins pour la région. Son pardessus de demi-saison, couleur mastic, très fripé, était trop léger aussi pour l'hiver dans le Nord.

Il y avait huit personnes à ce moment-là dans le bar et chacun avait envie de reprendre la conversation où on l'avait laissée. Pourquoi hésitait-on et regardait-on l'étranger avec embarras ? Ce fut le Yougo qui rompit le silence, se penchant sur son voisin, expliquant :

— Dans à nous pays…

Il en était toujours ainsi quand il avait bu. Il allait dévider, dans son anglais difficile à comprendre, des souvenirs sur ses montagnes natales, là-bas, quelque part dans l'est de l'Europe. On ne l'écoutait pas. Il n'avait pas besoin qu'on l'écoutât. De temps en temps, il se tournait vers Charlie et lui faisait signe de remplir son verre, qu'il buvait d'un trait, sans soda.

La musique s'était arrêtée, et Charlie, comme il le faisait toujours à l'heure des nouvelles, tournait les boutons de la petite radio encastrée dans les bouteilles. Jef Saounders, le plâtrier, avait repris sa partie de dés avec Pinky.

— Vous êtes déjà venu dans la ville ?

Charlie s'en voulait de faire autant d'avances, mais c'était plus fort que lui. La curiosité le tenaillait comme un enfant. Pourtant c'était un homme d'expérience. Ce n'était pas un immigré de fraîche date comme le Yougo, ni comme les Polonais et les Lettons qui travaillaient à la tannerie et qui fréquentaient *la Cantine* où on entendait parler toutes les langues.

Il s'appelait Moggio, mais il était né à Brooklyn et n'avait jamais vu Naples, d'où son grand-père était venu. Il avait grandi dans un magasin de fruits et, avant de se mettre à son compte, avait travaillé comme barman dans des villes telles que Détroit, Chicago et Cincinnati.

Où avait-il rencontré des hommes pareils à celui qui venait d'entrer dans son bar, il n'aurait pas pu le dire. L'étranger lui rappelait quelque chose. Charlie écoutait la radio et, en même temps, observait l'autre à la dérobée.

Il avait noté que l'homme n'avait pas d'alliance au doigt, pas de bague, que sa chemise était usée et qu'il la portait depuis plusieurs jours.

— Vous avez retenu une chambre à l'hôtel ?

— Pas encore.

— Vous n'en trouverez peut-être pas.

Cela ne parut pas émouvoir l'inconnu qui, de son côté, examinait les clients l'un après l'autre.

La radio dévidait les nouvelles du jour, un discours politique, des grèves, un ouragan qui dévastait à ce moment même les plaines du Middle West et qui avait déjà tué vingt-deux personnes.

Puis le poste de Calais, à soixante milles, transmettait les faits divers de la région.

« Le corps de Morton Price, fermier à Saint-Jean-du-Lac, a été découvert dans sa camionnette renversée au bord de la route... »

On tendait l'oreille, car cette fois il s'agissait du pays et le nom était familier à chacun. Morton Price avait été tué, au volant de sa voiture, d'une balle dans le côté droit de la poitrine. Cela s'était passé un peu après midi, alors que le fermier venait de quitter Calais où il était allé faire des emplettes.

Il avait pris la route des Lacs, presque déserte, la plus courte pour rentrer chez lui, où on l'avait découvert deux heures plus tard, et l'employé d'une station d'essence se souvenait de l'avoir vu passer avec un inconnu dans la camionnette.

— Une autre bière ? questionna Charlie avec un sourire.

— Quand j'en voudrai, je vous en demanderai.

— À votre service !

La conspiration commença tout de suite. Il n'y eut que le Yougo, qui parlait toujours, à ne pas s'en apercevoir. Ce furent, entre les consommateurs et le patron, des regards plus appuyés, de petits mouvements des yeux en direction de l'inconnu.

Le meurtre de Price avait eu lieu à une quarantaine de milles, et la radio annonçait que le criminel avait dû s'éloigner en faisant de l'auto-stop.

Il y avait un téléphone au mur, à côté du comptoir, mais on ne pouvait évidemment pas s'en servir en l'occurrence.

— Je crois que je vais rentrer dîner, annonça Saounders avec un regard significatif.

— Attends encore un moment. C'est ma tournée.

Charlie avait envie de s'occuper de ça lui-même. Après avoir rempli les verres, il se dirigea vers la cuisine, et on cessa un bon moment de le voir.

Il y avait une porte de derrière, qui donnait sur la ruelle, mais il ne resta pas assez longtemps absent pour avoir quitté la maison.

C'était difficile, en une telle circonstance, de parler sur un ton naturel. Heureusement qu'il y avait les joueurs de dés et qu'on avait l'excuse de les regarder.

Est-ce que Charlie avait envoyé son gamin faire la commission ? C'était probable. Sans doute aussi était-il allé chercher son revolver dans sa chambre, car il y avait une bosse à son tablier blanc.

Il paraissait satisfait, à présent, il sifflotait.

— Je suppose que vous ne me permettez toujours pas de vous offrir la tournée de bienvenue ?

Il eut un peu peur en parlant de la sorte, car l'homme le regardait fixement et il ne voyait plus que ses gros yeux sombres. Était-il possible que l'étranger eût deviné ce qu'il était allé faire dans la cuisine ? On voyait une drôle d'expression sur ses lèvres épaisses et rouges, une expression à la fois amusée et méprisante.

— Si vous y tenez, ce sera une bière. Mais je ne vous ai rien demandé. Je ne demande jamais rien à personne.

— Pas même votre chemin ?

Charlie craignit d'avoir été trop précis, d'avoir fait une allusion trop transparente.

— Pas même une place dans une auto !

Ces mots-là, dits d'une voix calme et neutre, suffirent à faire passer un petit vent glacé dans la pièce. Pendant un instant, on aurait pu croire que tout le monde, sauf le Yougo, s'était immobilisé, que les gestes étaient restés en suspens, après quoi on se remit gauchement à vivre.

— Whisky ?

— Bière.

Charlie n'était pas plus grand que l'homme, peut-être plus petit, et il était gras, presque chauve, avec des poils très noirs sur les avant-bras.

— Vous comptez rester longtemps en ville ?

— Je n'en sais rien.

— C'est assez joli l'été, malgré la tannerie qui abîme le paysage, mais l'hiver est très rigoureux.

Il parlait pour parler et ne pouvait s'empêcher de regarder de temps en temps le cadran de l'horloge, ni de guetter les pas dans la rue.

Quand il entendit la sirène, il devint pâle, glissa machinalement la main sous son tablier. Il n'avait pas prévu ça. Il n'avait pas pensé à ce battement de quelques instants pendant lesquels il ne serait pas en sécurité. Il avait compté que le sheriff serait plus intelligent, plus discret.

— Tiens ! remarqua le Yougo d'une voix qui parut irréelle, on se bagarre quelque part !

La sirène se rapprochait, semblant aspirer tout l'air de la ville, et soudain s'arrêtait net devant la porte. Des portières claquaient, des pas, puis de l'air frais s'engouffrait dans le bar, et Brookes, un gros revolver au poing, s'avançait, suivi de deux de ses hommes.

Pendant tout ce temps-là — qui parut une éternité — l'homme n'avait pas bougé. La cigarette était restée collée à sa lèvre inférieure. Il gardait les mains à plat sur ses genoux, des mains courtes et grosses, très blanches.

— C'est celui-ci ? questionnait Brookes en braquant son arme vers l'inconnu.

Comme il s'adressait à Charlie, il devenait évident que c'était lui qui l'avait alerté.

Les deux hommes qui accompagnaient le sheriff avaient accompli un mouvement tournant et se tenaient aux côtés de l'étranger. Sur un coup d'œil de leur chef, ils lui tâtèrent les poches, les flancs, sans trouver d'arme.

— Dans à nous pays..., commençait le Yougo, qui était descendu de son tabouret et à qui cette scène paraissait déplaire.

Pour la première fois, on vit un sourire presque entier sur les lèvres de l'homme. Il ne disait rien. Il restait assis. Il restait calme.

Le sheriff, embarrassé, ne savait comment s'y prendre.

— Accompagnez-moi au bureau.

— Si je veux bien, n'est-ce pas ?

— Et même si vous ne voulez pas.

— Si je veux, seulement. L'heure de fermeture des bars n'a pas sonné et ce n'est ni un crime, ni un délit de boire un verre de bière dans cet établissement.

Sa voix était un peu sourde, avec quelque chose, on ne savait pas quoi, qui la rendait désagréable comme le cri de certains oiseaux.

— Il a raison, approuvait le Yougo, essayant de s'interposer entre l'homme et la police.

On le repoussa tranquillement.

— Il vaudrait mieux ne pas discuter ici, grommela Kenneth Brookes, pas très à son aise.

Alors l'homme tira de la monnaie de sa poche, la compta, posa sur le comptoir le nombre de pièces voulu pour payer son verre de bière.

Puis il se laissa glisser de son tabouret, prit le temps de boutonner son pardessus, de saisir sa mallette, de redresser son chapeau qu'il avait poussé en arrière.

On revit son drôle de pas. Il marchait vers la porte, avec le petit coup de côté de la jambe gauche. Un des policiers, qui l'avait précédé, tourna le bec-de-cane.

Il sortit et, sur le trottoir, fut comme auréolé de flocons de neige. Quelques passants s'étaient attroupés, auxquels il ne prêtait pas attention.

Passant la tête par l'entrebâillement de la porte, il prononça de sa voix sans inflexions qui ne s'adressait à personne en particulier :

— À bientôt !

2

Plus tard, demain, tout cela perdrait de sa consistance, de sa réalité ; il n'en resterait que le gênant, le grotesque, et chacun s'efforcerait de n'y plus penser, honteux de ses premières impressions.

Déjà Charlie, en dessinant une allée dans la neige, devant son bar, essayait de se débarrasser de l'arrière-goût maussade de la soirée. À la fin, comme toujours en hiver, il faisait beaucoup trop chaud à l'intérieur, avec une fumée épaisse qui stagnait à hauteur des têtes. Quel ivrogne avait dit une fois que les buveurs, nimbés de fumée bleue, avaient l'air des apôtres ? On avait beaucoup bu. Et, comme on pouvait s'y attendre, on s'était excité, on avait dit des choses qu'on n'aimerait pas s'entendre répéter dans la lumière du matin.

À une heure, quand il avait fermé, la neige tombait serrée. Il y en avait déjà une couche épaisse sur le sol, mais les pas se dessinaient encore en noir. Cela avait continué et il en était tombé plus de cinq pouces. Le jour s'était levé sur une ville blanche, silencieuse, qu'on avait l'impression de contempler à travers une gaze.

Il n'y avait pas un souffle de brise. De fins flocons tombaient encore par-ci par-là, et des paquets de neige dégringolaient parfois des toits avec un bruit mou.

Sur le ciel uni, d'une luminosité assourdie, des fumées montaient paisiblement de toutes les cheminées.

Charlie n'avait pas bu. Il ne buvait jamais, sauf un doigt de gin, et seulement une fois le dernier client dehors, la barre mise à la porte. Il se servait lui-même, au comptoir, qu'il contournait ensuite pour aller s'asseoir sur un des hauts tabourets, et dégustait l'alcool en jetant un coup d'œil au journal. C'était sa détente.

Un peu avant dix heures, parce que les autres l'y poussaient, il avait téléphoné à Brookes, le sheriff, qui était un client et un ami, et Brookes l'avait presque rabroué.

— Tu as du nouveau? lui avait-il demandé en essayant de faire taire le Yougo qui gueulait une chanson de son pays.

— Quand j'aurai quelque chose à te dire, je t'appellerai! avait laconiquement répliqué le sheriff qui, peut-être pris de remords, avait quand même ajouté : Encore rien.

À ce moment-là, il devait être occupé à questionner l'homme et quelqu'un, au bar, s'était mis à raconter avec un grand luxe de détails des histoires de « troisième degré » qu'il avait lues dans une publication à dix cents.

À chaque bulletin de nouvelles, la radio rappelait le meurtre de Morton Price. À minuit seulement, dans le dernier bulletin, elle annonça que la police était sur la piste de l'assassin, sans fournir de détails.

Était-ce à l'étranger qu'on faisait allusion? Avait-il fini par avouer? Kenneth Brookes avait-il découvert des indices?

Charlie lui téléphona une fois encore, quelques minutes avant la fermeture.

— Kenneth ? Un mot seulement. C'est lui ?

— Va dormir, Charlie, et fiche-moi la paix avec tes histoires.

Parce que c'était dimanche, la plupart des boutiques avaient leurs volets fermés. Le billard, juste en face de chez Charlie, n'ouvrirait qu'à une heure. Cependant, on servait déjà des petits déjeuners dans la *cafeteria* du coin.

Des cloches grêles sonnaient sur la colline, de l'autre côté de la rivière. C'étaient celles de la petite église catholique, toujours la première à appeler ses rares fidèles, et on devait voir quelques silhouettes frileuses se faufiler dans les rues pour la première messe. Dans les temples protestants, les services n'avaient lieu que plus tard, à dix heures.

C'était maintenant, dans la plupart des maisons, le moment des œufs au bacon et du café, des pantoufles et des robes de chambre, des disputes pour la salle de bains.

Les gamins avaient dû commencer à faire des glissades dans les rues en pente du quartier résidentiel, et Dwight O'Brien s'était sûrement envolé aux premières lueurs du jour, à bord de son petit avion bourdonnant, pour rejoindre son camp de chasse dans les montagnes.

Ils étaient au moins une douzaine, surtout parmi les gros fermiers, à se servir de leur avion le dimanche pour la pêche ou la chasse. Les autres chasseurs, ce matin, s'étaient précipités vers le lac, qui était à deux milles à peine, pour tirer le canard. Avec seulement un tout petit peu de brise, on aurait pu entendre les détonations.

— Bonjour, monsieur Moggio.

Alors que la rue était vide, Charlie, occupé à pelleter sa neige, n'avait vu venir personne, et il eut du mal à garder son sang-froid en voyant l'homme devant lui, exactement comme la veille, avec son chapeau gris, son pardessus clair sur le complet bleu marine et ses souliers noirs dans le blanc du trottoir.

— Je vous avais dit que je reviendrais, n'est-ce pas ?

— J'en suis enchanté pour vous.

— Je suppose que votre établissement est fermé et que c'est en face que je dois m'adresser pour une tasse de café ?

— La loi du comté ne nous permet d'ouvrir, le dimanche, qu'une heure après le dernier service.

— Je reviendrai.

Il ne sourit pas, mais il devait être satisfait de jouer un bon tour à Charlie qui le regarda traverser la rue, jetant sa jambe de côté, et pénétrer dans la *cafeteria.*

Charlie rentra chez lui et laissa sa pelle contre le mur du bar, tant il avait hâte d'annoncer la nouvelle à sa femme. Elle avait les cheveux sur des bigoudis, de la musique traînait dans la maison et on entendait les enfants se chamailler dans leur chambre.

— Kenneth l'a relâché.

— Il n'avait plus que ça à faire.

— Que veux-tu dire ?

Il leur arrivait, entre eux, de mêler des expressions italiennes à leurs phrases, alors qu'ils étaient aussi incapables l'un que l'autre de parler correctement cette langue.

— Ils ont arrêté l'assassin, dit-elle sans émotion. La radio vient de l'annoncer au bulletin de huit heures.

Charlie eut peur, tout à coup, plus peur que quand il avait vu l'homme devant lui sur le trottoir, et c'est encore un des moments qu'il préféra oublier. Le bacon rissolait dans la poêle, et l'air sentait le café frais. Il alla ouvrir la porte, cria quelque chose pour faire taire les enfants.

— Qui est-ce ?

— Un type qui s'est échappé de je ne sais quelle prison canadienne. Ce sont les chiens qui l'ont eu. La police avait amené les chiens. L'homme, affamé, rôdait autour d'une ferme isolée, non loin de l'endroit où Price a été tué. Il ne s'est pas défendu. On a trouvé sur lui un revolver encore chargé de quatre balles et le portefeuille du mort.

Ils gardèrent un moment de silence, et elle savait bien ce qui le préoccupait.

— Tu l'as vu ?

— Oui.

— Il t'a parlé ?

— Oui.

— Il sait que c'est toi qui as averti le sheriff ?

— Comment ne le saurait-il pas ? éclata-t-il.

— Tu crois qu'il t'en veut ?

— Qu'il m'en veuille ou qu'il ne m'en veuille pas, cela m'est égal.

Et, furieux, il se mit à table. Deux fois, pendant le petit déjeuner, il faillit se lever pour téléphoner au sheriff. Pourquoi Kenneth ne se donnait-il pas la peine de le tenir au courant ? Est-ce qu'il allait lui en vouloir, lui aussi ?

Déjà, d'une façon générale, il n'aimait pas les dimanches. C'était presque fatalement un jour où on se fâchait, et les enfants en profitaient pour être insupportables. Heureusement qu'ils s'en allaient à dix heures, sauf le dernier, et qu'on ne les revoyait pas de la journée. Quant à lui, il avait à nettoyer le bar, qui était plus sale que les autres jours. Il lui manquait de voir défiler, dès le matin, les physionomies familières.

En tout cas, il s'était trompé, tout le monde, dans la ville, s'y serait trompé, y compris Kenneth Brookes, qui n'avait d'ailleurs pas le dixième de son expérience des gens. Il venait d'être élu sheriff pour la deuxième fois seulement, alors qu'il avait près de cinquante ans, et avant cela il avait été contremaître d'une équipe de coupeurs de bois. Très jeune, il avait passé cinq ans à Providence, dans une compagnie d'assurances, et c'était à peu près tout ce qu'il avait connu des grandes villes.

À Chicago, par exemple, en pleine époque de la prohibition, Charlie, lui, avait travaillé dans un club de nuit fréquenté par la plupart des gangsters, et il lui était arrivé de servir personnellement Al Capone.

À New York, dans un secteur pas tellement tranquille du Bronx, il lui arrivait de prendre des paris pour un bookie, et, une nuit, un type, à qui il avait versé deux whiskies quelques instants plus tôt, avait été descendu au moment où il sortait du bar.

À Detroit… Il aurait pu en dévider ainsi pendant des heures et prouver qu'il avait de bonnes raisons pour se connaître en hommes, surtout en certaines sortes d'hommes.

On ne devient pas propriétaire, comme il l'était à présent, sans une certaine expérience des gens, et il restait persuadé de ne pas s'être trompé tant que ça. Et, d'abord, comment l'étranger avait-il trouvé tout de suite le quartier ? Car ce n'était pas un quartier comme un autre, même s'il fallait un certain flair pour s'en apercevoir à vue de nez.

Tout comme le bar de Charlie n'avait rien de commun avec les autres bars.

Le sheriff le fréquentait, et des hommes bien, comme le receveur des postes, des artisans du quartier, un avocat célibataire. Tous ceux que cela intéressait savaient que c'était le seul endroit en ville où on prenait les paris pour le World Series et pour les courses de chevaux. Au moment des élections, Charlie avait jusqu'à deux cents voix à vendre. Parfois, vers les dix heures du soir, des petites comme Mabel et Aurora venaient boire gentiment un verre au comptoir et faire la conversation.

Ce n'étaient pas des prostituées. Il n'y en avait pas dans la ville, à moins de compter pour telle la vieille ivrognesse qui habitait le quartier de la tannerie et que les ouvriers allaient voir le samedi, une bouteille plate dans leur poche.

Mabel et Aurora travaillaient comme manucures et habitaient la rue, dans la maison meublée tenue par Eleanor Adams, qui parlait toujours de ses malheurs, de sa faiblesse de constitution, et qui buvait du gin en cachette pour se remonter.

Comment expliquer ces détails-là et leur signification à quelqu'un qui n'est pas de la partie ? La colline, Elm Street, tout le quartier aux cottages entourés de pelouses et d'érables, cela se comprend du premier coup d'œil. On sait qu'on va y trouver des « cols blancs », des médecins, des gens de loi, des directeurs et des sous-directeurs, des familles avec des enfants et une femme de ménage qui vient une ou plusieurs fois par semaine.

Il n'y a qu'à relever la liste des noms sur les boîtes aux lettres et on sait d'avance ceux qu'on lira dans le journal à l'occasion des bals, des ventes de bienfaisance ou des mariages.

Autour de la tannerie, c'est le grouillement de gens venus de partout, cinq ou six cents hommes et femmes, dont certains parlent des langues qu'on ne comprend pas.

Depuis vingt ans, les fermiers, qui forment la base de la population et dont les familles, pour la plupart, sont là depuis plusieurs générations, essayent de supprimer la tannerie, et c'est la question la plus disputée à chaque élection.

Ces gros fermiers-là, on les voit à peine, et pour ainsi dire jamais dans les bars, car ils préfèrent se rencontrer à leur club, l'immeuble de pierre en face du parc municipal. L'hiver, quand la neige recouvre leurs terres, ils s'en vont chercher le soleil en Floride ou en Californie.

Dans la rue de Charlie, il y a d'abord son bar, puis, en face, un billard, dans une salle basse, pas très propre, que des tableaux noirs, sur les murs, rendent encore plus équivoque.

Quelques maisons plus loin, il y a la boutique d'un brocanteur qui prête sur gages, un des rares Juifs de la ville. Une des vitrines contient des fusils et des appareils photographiques d'occasion, l'autre des bijoux bon marché, et l'intérieur est encombré de vieilles malles et de valises.

Il y a aussi la maison meublée d'Eleanor Adams, et, tout au bout, en retrait, un cinéma qui n'est pas comme les autres non plus, qui est miteux, avec des affiches raccrocheuses où il est toujours question de choses sexuelles. Charlie n'y est jamais entré. Et il y a le hangar des Pompes funèbres, près de l'atelier d'un menuisier, plus un hall d'ameublements bourré de machines où on met des sous pour avoir le droit de lancer des boules dans des trous, de tirer avec une mitrailleuse sur des navires en carton, de faire une partie de base-ball automatique ou d'enregistrer sa voix sur des disques en carton.

Eh bien ! tout cela, l'homme l'a compris. Il savait d'avance ce qu'il trouverait et il y est venu tout droit, sans s'arrêter dans Main Street, sans demander son chemin.

Charlie s'est peut-être trompé, la veille. Il a été trop vite. Il s'est laissé influencer par les autres. Il n'en parierait pas moins à dix contre un que l'homme va finir chez la mère Adams.

Quant à ce qui s'est passé chez le sheriff, Charlie en a jusqu'à onze heures du matin à attendre avant d'en savoir un peu plus long. Il n'a pas téléphoné. Il en veut personnellement à Brookes, qui finit par entrer par la porte de derrière alors qu'il est, lui, occupé à astiquer les glaces du bar, tandis que les bouteilles sont rangées sur le comptoir.

Kenneth Brookes est un homme de six pieds de haut, large à l'avenant, qui adore écarter les revers de son veston pour montrer l'étoile d'argent, épinglée l'hiver à son gilet, l'été à sa chemise, et qui porte toujours le plus gros modèle de revolver à sa ceinture. Il a une femme malade qui lui rend la vie difficile. Quand il ne se sent pas en train, il vient boire un coup chez Charlie, le matin de préférence, alors qu'il n'y a personne, ou seulement des habitués.

Ce matin-là, ils se boudent, tous les deux, et Brookes se contente de grogner en repoussant son chapeau en arrière :

— Salut !

— Salut ! répond Charlie qui, normalement, selon un rite établi depuis longtemps, devrait pousser un verre devant lui pour qu'il se serve à boire, bien que ce ne soit pas encore l'heure et que le bar soit légalement fermé.

Kenneth rôde un bon moment avant de venir jouer avec les bouteilles et de soupirer :

— Tu m'as fait passer une fameuse nuit, Charlie ! Je te retiens !

— Et toi, tu m'as fait une fichue réclame en t'amenant ici toutes sirènes dehors et revolver au poing comme dans un film de gangsters.

— Si cela avait été lui, il aurait été dangereux.

— Tandis que c'est un brave type inoffensif, n'est-ce pas ?

— Je ne sais pas ce que c'est.

Au fond, ils ne sont pas plus fiers l'un que l'autre et ils se jettent à la dérobée des petits coups d'œil gênés. Plus tard, ils n'aimeront pas se rappeler cet entretien-là non plus. Avant de venir, Brookes a préparé le déjeuner de sa femme, qui est encore une fois alitée, ce qui ne rend pas son humeur plus agréable, et il a nettoyé l'appartement. Ils habitent au-dessus du bureau du sheriff et, juste au-dessous de leur chambre à coucher, il y a deux cages aux barreaux noirs, vides la plupart du temps, destinées aux prisonniers.

— En tout cas, c'est un particulier pas commode et j'aimerais autant le voir s'installer ailleurs qu'ici.

— Il s'installe en ville ?

— Je n'en sais rien. Il m'a seulement demandé l'adresse d'une maison meublée, dans le quartier, comme s'il était sûr d'avance que cela existait.

— Eleanor ?

— Je l'ai envoyé chez elle, oui.

Ainsi Charlie ne s'était pas trompé et, parce que cela lui faisait plaisir, il poussa un verre sur le comptoir.

— Qui est-ce ?

— Je ne sais pas. Quand je lui ai demandé son nom, il a répondu qu'il s'appelait Justin Ward et, comme j'insistais pour savoir si c'était son vrai nom, il a dit qu'il avait le droit de s'appeler comme bon lui semblait.

» J'ai essayé de savoir d'où il venait ; il a répondu qu'il était citoyen des États-Unis et que, comme tel, d'après la Constitution, il n'avait aucun compte à rendre de ses allées et venues.

— Il n'a pas réclamé la présence d'un avocat ?

— Il n'en a pas le besoin. Il connaît la loi mieux que moi et n'importe qui dans la ville. Dès son entrée dans mon bureau, il a spécifié qu'il m'avait suivi de son plein gré, pour m'éviter le ridicule d'une discussion en public et que, toujours de son plein gré, il répondrait à celles de mes questions auxquelles il lui conviendrait de répondre. Puis il a demandé un verre d'eau et s'est installé dans un fauteuil. Comme par hasard, ma femme a frappé à quatre ou cinq reprises sur le plancher et chaque fois il a fallu que je monte pour lui donner à boire, border la couverture, entrouvrir la fenêtre et tout le traintrain habituel. Il attendait tranquillement, sans avoir l'air de se moquer de moi. C'est un drôle de type. Je te défie de deviner combien d'argent il a en poche. Un tout petit peu moins de cinq mille dollars ! Comme ça, en vrac, serré par un élastique.

» — D'où vient cet argent ? ai-je questionné.

» — Jusqu'à preuve du contraire, il m'appartient, a-t-il répondu en tirant une cigarette de sa poche.

» J'ai consulté, dans les derniers bulletins, les numéros des billets volés, la liste des personnes recherchées. Il me regardait faire sans se troubler avec une attention polie.

» — Je suppose que vous allez prendre mes empreintes digitales et les envoyer à Washington ?

— Tu l'as fait ?

— Je l'ai fait. J'aurai une réponse demain.

— Il n'y aura rien.

— Je sais. Pas une seule fois il n'a eu un sourire ou un mouvement d'impatience.

» — D'où venez-vous ?

» — Du sud.

» — De quelle ville ?

» — Vous me demandez quelle ville j'ai quittée ce matin ?

» — Si vous voulez.

» — Portland. Sans doute voulez-vous connaître aussi le nom de l'hôtel où j'ai passé la nuit ?

» — Si cela ne vous dérange pas.

» J'avais fait signe à Briggs, mon second, qui s'est mis à vérifier par téléphone, du bureau voisin, les renseignements ainsi fournis.

» — À Portland, vous avez pris l'autobus ?

» — Non. Une voiture m'a conduit jusqu'à Bangor, où j'ai déjeuné dans un restaurant près de City Hall.

» — Vous avez loué une voiture ?

» — Je suis monté dans une voiture qui passait.

» — En somme, vous avez fait de l'auto-stop ?

» — J'ai profité d'une occasion qui m'était offerte.

» — Et après Bangor ?

» — J'ai profité d'une autre occasion. L'auto du matin était une Pontiac grise, appartenant à un Canadien du Nouveau-Brunswick, qui portait une plaque d'immatriculation canadienne d'un jaune foncé.

— Tu lui as demandé le numéro ?

— Il ne se souvenait pas de celui de cette voiture-là. Mais il avait noté celui de l'auto de l'après-midi.

— Comme par hasard.
— Oui.
— Tu ne le lui as pas fait remarquer ?
— Si.
— Qu'a-t-il répondu ?
— Que ce n'était pas la première fois qu'il voyageait et qu'il avait l'habitude de prendre des précautions.
— Peut-être aussi a-t-il l'habitude d'être arrêté par les sheriffs ?
— C'est possible. La seconde auto, m'a-t-il dit, l'a déposé à cinq heures moins quelques minutes, juste au moment où la neige a commencé à tomber, à un carrefour qui domine la ville.
— Les Quatre-Vents.
— C'était une Chevrolet noire, conduite par un marchand de poissons en gros de Calais. C'est alors qu'il m'en a donné le numéro.
— Il l'avait inscrit ?
— Il le connaissait par cœur. Briggs a téléphoné là-bas, et la police m'a tout de suite renseigné. À minuit, j'avais le marchand de poissons au bout du fil. Il devait avoir bu, car il avait le réveil pâteux.
» — Cela ne m'étonne pas, a-t-il grogné en faisant claquer une porte derrière lui.
» — Qu'est-ce qui ne vous étonne pas ?
» — Que vous l'ayez arrêté. Je l'ai embarqué pour avoir quelqu'un avec qui bavarder en route. Pendant deux heures, j'ai essayé d'amorcer la conversation, sans qu'il se donne seulement la peine de répondre par un monosyllabe ou de faire un signe d'assentiment. Comme il y avait de la buée, en arrivant sur les hauteurs, j'ai baissé la vitre et il l'a tranquillement relevée en disant qu'il était sensible aux courants d'air. Je

crois que ce sont les seuls mots qu'il ait prononcés. De temps en temps, il tirait une cigarette de sa poche, l'allumait à son mégot sans m'en offrir, et il ne m'a dit ni merci ni au revoir.

» — C'est lui qui a désigné l'endroit où il voulait descendre ?

» — Il m'a seulement dit le nom de la ville où il se rendait et, ne voulant pas faire un détour pour un coco de ce genre, je l'ai déposé au carrefour.

Les bouteilles reprenaient leur place dans les rayons, et il était l'heure, pour Charlie, d'aller s'habiller.

— J'ai continué à lui poser des questions jusqu'à deux heures du matin. Je suis même allé chercher une bouteille et deux verres, dans l'espoir de l'amadouer, et je crois qu'à la fin c'est moi qui en avais dans le nez.

» Voilà un gaillard qui refuse de dire qui il est, d'où il vient et pourquoi il est ici. Il ne fait aucune difficulté à admettre que le nom de Justin Ward pourrait ne pas être le sien. Il a près de cinq mille dollars en poche et pourtant, au lieu de prendre le train ou le bus, il fait de l'auto-stop comme un miteux.

» Quant à sa valise, elle contient du linge de rechange, du linge sale, une paire de chaussures et des pantoufles. C'est en vain que j'ai essayé, en lui parlant de choses et d'autres, de deviner son métier. Il a des mains grasses et blanches qui n'ont pas souvent manié des outils. Il doit avoir des ennuis avec sa santé, car de temps en temps il avale une petite pilule dont il a une pleine boîte dans la poche de son gilet.

» — Le foie ? ai-je essayé de plaisanter.

» — Ça ou autre chose.

» Il s'est mis à faire chaud dans le bureau et il a retiré son veston. Avec l'air de rien, j'y ai jeté un coup d'œil et j'ai remarqué qu'il a décousu la marque du tailleur ou du magasin.

» Il devinait toutes mes pensées, suivant tranquillement mes faits et gestes.

» — C'est mon droit, n'est-ce pas ?

» — C'est votre droit strict, mais vous admettrez qu'il est assez peu usuel de retirer la marque de ses vêtements.

» — Cela arrive.

» En fin de compte, je ne savais plus que faire de lui, et mes hommes étaient déjà partis. Puisqu'il roulait sur la route de Bangor avec le marchand de poissons à l'heure de l'assassinat du fermier, je n'avais aucune raison valable de le garder et, avec un type de son calibre, je me serais sans doute mis dans un mauvais cas.

» — Il est tard, a-t-il soupiré. Par votre faute, je n'ai pu retenir une chambre pour la nuit et je suppose que les hôtels sont maintenant fermés. Je vous serais donc obligé de me coucher et de me procurer un bain demain matin.

Le plus curieux, c'est que le sheriff, maté, n'avait pas osé proposer un des lits des cellules et qu'il avait fait monter l'homme avec lui dans son propre appartement. Sa femme s'était agitée, avait appelé.

— Qui est-ce ?

— Ne t'inquiète pas. C'est un ami.

— Quel ami ?

— Quelqu'un que tu ne connais pas.

— Et tu introduis chez nous quelqu'un que je ne connais pas ?

Depuis la mort de sa belle-mère, Kenneth disposait d'une chambre. Le lit n'était pas fait et il avait dû chercher des draps, un oreiller, des serviettes dans les placards.

— Quand je me suis réveillé, il était déjà dans la salle de bains. Tout ce que je sais, Charlie, c'est que ce n'est pas le meurtrier de Price. Pour le reste…

— J'étais dehors, à enlever la neige, quand il s'est arrêté pour me dire bonjour.

— Tu permets ? dit le sheriff en s'emparant pour la troisième fois, comme machinalement, de la bouteille de bourbon. Je parie qu'il reviendra tout à l'heure.

— J'en suis sûr.

— Tu ne crois pas qu'il est grand temps d'aller t'habiller ? cria Julia, de la cuisine. Vous êtes là tous les deux à bavarder comme des vieilles femmes !

Le sheriff préféra battre en retraite en s'essuyant vivement les lèvres.

— S'il te faisait des ennuis, n'hésite pas à m'appeler.

— Merci. Une expérience suffit.

C'était l'heure où les jeunes gens et les jeunes filles, en sortant des temples, allaient manger des glaces dans les *drugstores*. Les grandes personnes s'attardaient un peu sur le parvis avant de monter dans leur voiture et, à une tache jaunâtre dans le blanc du ciel, on devinait la place du soleil.

Le Yougo, qui, sur ses papiers d'immigration, s'appelait Michaël Mlejnek, mais que tout le monde appelait Mike, ou Yougo, dormait encore, tout nu, son corps énorme et musclé, à la poitrine velue et aux pieds sales, en travers d'une couche sans draps, et deux femmes et des enfants allaient et venaient sans bruit autour de lui.

Ce n'était ni sur la colline, bien sûr, ni dans le quartier ouvrier de la tannerie. Ce n'était pas non plus dans les environs de chez Charlie.

En bordure de la ville, entre celle-ci et le lac, sur la berge de la rivière, la maison du Yougo constituait à elle seule un monde à part, qui n'obéissait qu'à des lois venues de loin dans l'espace et dans le temps.

D'une bicoque abandonnée depuis des années, dont personne ne revendiquait la propriété, Mike avait fait son royaume, construit en planches, crépi et tôle ondulée.

Quand il était arrivé, quelques années plus tôt, il était seul, et, pendant un certain temps, il avait travaillé à la tannerie, en vertu d'un contrat signé avant même de quitter son pays. Déjà, à cette époque-là, il ne se saoulait qu'une fois par semaine, le samedi soir, mais c'était à *la Cantine*, d'où, la plupart du temps, des camarades devaient l'emmener dans un état voisin du coma.

Puis il s'était mis à hanter les bureaux officiels, à remplir des papiers, à verser des sommes qu'on lui réclamait et, en fin de compte, il avait triomphé : il avait pu faire venir Maria de « à nous pays ».

C'était une belle fille brune et douce qui, maintenant encore, n'entendait pas un mot d'anglais. Pourquoi l'aurait-elle parlé, puisqu'elle ne quittait jamais son domaine ?

Des pasteurs s'étaient occupés d'eux, et le plus patient avait fini par obtenir de les marier, alors que Maria était enceinte de six ou sept mois.

— Pas même église qu'à nous pays, disait Mike, qui ne croyait pas à ce mariage-là, mais qui voulait faire plaisir à tout le monde.

L'été, il était allé travailler dans les campagnes et, chaque samedi, il en ramenait quelque chose : des lapins d'abord, puis des poules, puis enfin une chèvre, pour qui il avait construit une cabane, mais qui, la plupart du temps, préférait vivre dans la maison.

Des enfants étaient nés, d'abord un, puis deux jumeaux.

Maria les portait gravement, religieusement, toujours douce et belle dans des vêtements qui n'étaient que des tissus de couleurs, drapés sur son corps.

L'hiver, le Yougo bricolait, faisait des journées chez les uns et les autres, pour des particuliers ou des commerçants, car il savait tout faire, réparer des conduites d'eau ou un toit, peindre des murs ou débiter des arbres.

Il n'avait trouvé, autour de la tannerie, personne de sa race. Certains s'en rapprochaient, avec lesquels il avait quelques traits communs, et parfois ils trouvaient des mots de leur langue qui se ressemblaient.

Comment apprit-il qu'il existait un autre Yougo dans un village de la côte, à plus de soixante milles ? Toujours est-il qu'il y alla. Il retourna, et il revenait avec d'étranges poissons fumés et des charcuteries inconnues dans la région.

Un jour, au printemps, il ramena une jeune fille aussi belle et aussi douce que Maria, mais plus vive et farouche, qui trouva tout naturellement sa place dans la maison, et quelques mois plus tard elle mettait à son tour un bébé au monde.

Les pasteurs, cette fois, préférèrent ne pas s'en occuper, faute, sans doute, de trouver une solution au problème.

Le Yougo ne demandait rien à personne. Il travaillait plus dur que quiconque. On pouvait l'appeler à n'importe quelle heure, pour n'importe quelle tâche, et il n'exigeait même pas qu'on l'écoutât quand il racontait ses histoires dans son étrange anglais poétique.

Il ne se saoulait qu'une fois par semaine, comme tout le monde, et jamais il n'avait abusé de sa force, dont il ne se servait que pour séparer des bagarreurs.

Peut-être les chèvres — il en avait maintenant trois, sans compter les chevreaux — broutaient-elles sur des terrains qui, à y regarder de près, appartenaient à la ville ?

Et c'était drôle de voir les deux femmes courbées sur le sol, coupant l'herbe avec une serpette, pour l'apporter à leurs lapins.

Maria était à nouveau enceinte. Ella, la plus jeune, qui avait un rire de petite fille et les plus belles dents du monde, ne tarderait sans doute pas à le redevenir.

Les deux femmes et les enfants partageaient une même chambre, la seule où il y eût de vrais lits, tandis que Mike dormait sur une sorte de divan, dans la salle commune, près du poêle à bois.

Il ronflait, ce matin-là, la bouche ouverte, et les enfants s'amusaient de voir sa grimace chaque fois qu'une mouche se posait sur son front ou sur son nez.

Une odeur épicée émanait de la casserole, et il y avait des bourrelets de neige étincelante autour des fenêtres.

La petite serveuse, à la *cafeteria*, avait en vain essayé de plaisanter avec l'étranger à qui elle servait son petit déjeuner.

Elle ne savait pas. Dans son uniforme blanc, avec un frais bonnet sur ses cheveux blonds frisés, elle était un peu comme l'agneau qui veut jouer avec le loup.

Il ne s'était pas donné la peine de lui répondre. Avait-il seulement remarqué la jeunesse de sa poitrine sous la blouse blanche amidonnée ?

Il avait toujours avec lui sa petite valise et, en sortant, lançait la patte gauche de côté à chaque pas.

Mrs Eleanor Adams traînait toute la journée dans sa maison le même peignoir d'un violet électrique sur lequel pendaient des mèches de cheveux gris et jaunes. Elle avait de longues dents dont elle souffrait, un visage farineux aux traits tirés et, quand elle se sentait trop lasse, elle enfonçait la tête dans sa « kitchenette », d'où elle ressortait l'haleine parfumée.

La maison était vieille, en bois peint en brun, avec une large véranda en façade et deux fauteuils à bascule sur la véranda. À l'intérieur, les cloisons étaient couvertes de papiers peints à ramages ou à fleurs, où le jaune et le vert fané dominaient.

Elle fut longtemps avant de se rendre à l'appel de la sonnette qui tremblotait au bout de son ressort, derrière la porte. Elle dit, comme d'habitude :

— Qu'est-ce que vous voulez ?

Elle n'avait pas peur. Elle aurait vécu seule n'importe où, dans le quartier le plus mal famé.

— On m'a dit que vous pourriez me louer une chambre.

— Qui vous a dit ça, jeune homme ?

— Le sheriff.

— C'est un fanfaron qui a la gueule plus grande que la cervelle. Et pour combien de temps voulez-vous louer une chambre ?

— Aussi longtemps que je resterai dans la ville.

— Cela veut dire ?

— Peut-être des années.

— Vous êtes seul ?

— Oui.

— Vous n'avez pas de chien ?

À cause des quatre ou cinq chats qui rôdaient dans la maison, elle avait les chiens en horreur, d'autant plus qu'ils avaient l'habitude de venir déposer leurs ordures sur les marches de la véranda.

— Vous avez de l'argent ? Je vous préviens qu'on paie d'avance.

— Je paierai d'avance.

— Alors entrez. On verra bien.

Elle le précéda dans l'escalier à la rampe polie par le temps, et une jeune femme en combinaison ferma vivement sa porte comme on passait devant.

— Elles prétendent qu'elles ont plus chaud la porte ouverte alors qu'il y a des bouches de chaleur dans toutes les chambres. C'est ici. La chambre à côté est habitée par un jeune homme qui travaille à la banque et qui prend ses repas dehors. Vous prenez vos repas dehors aussi ?

— Cela dépend.

— Vous êtes juif ?

— Pas que je sache.

— Ce n'est pas que j'aie quelque chose contre les Juifs, mais l'ail me soulève le cœur et ils ont la manie d'en mettre dans leur cuisine.

— Je ne mange pas d'ail.

Il ne bronchait pas, ne souriait pas, ne prononçait pas une parole inutile. C'est à peine s'il jetait un coup d'œil à la chambre. On aurait dit qu'il la connaissait, qu'il s'attendait en tout cas à la trouver telle quelle dans ses moindres détails.

Le lit était en cuivre, avec une courtepointe à l'ancienne mode, et des chromos encadrés de blanc garnissaient les murs couverts d'un papier d'une couleur indéfinissable.

C'était triste et vieillot, mais pas assez vieux pour avoir acquis une certaine poésie. Et la salle de bains étroite, qui n'était éclairée que par une lucarne dans le plafond, était garnie d'anciens appareils où l'eau avait fini par laisser des croûtes jaunâtres.

— Je vous louerai la chambre pour dix dollars par semaine.

Il ne discuta pas, tira la liasse de billets de sa poche et en fit glisser un de dessous l'élastique.

— Je vous remettrai un reçu tout à l'heure. Je suppose que vous devez aller chercher vos bagages ?

— Je n'ai pas de bagages.

Cela l'inquiéta un petit peu et, si elle n'avait vu les billets, elle aurait sans doute posé des questions.

— Cela vous regarde. Vous avez un réchaud à gaz et des casseroles dans le placard. Faites toujours attention de fermer le gaz. Je suis trop faible pour faire le service, et il est impossible de trouver des bonnes sérieuses.

Elle n'avait plus qu'à quitter la pièce, mais elle aurait voulu qu'il dît quelque chose, n'importe quoi. Elle commençait, elle aussi, à se sentir mal à l'aise.

— Vous êtes engagé à la tannerie ?

— Non.

— Vous êtes dans le commerce ?

— Non.

— Eh bien ! faites comme vous l'entendrez. Je vous laisse.

Elle faillit s'arrêter chez Mabel et Aurora pour leur annoncer la nouvelle, mais elle ne savait trop quoi leur dire et elle descendit lentement, ouvrit la kitchenette, puis alla s'asseoir dans son fauteuil d'osier où un chat sauta aussitôt dans son giron.

La porte de la chambre s'était refermée. On n'entendait aucun bruit, pas même le grincement des ressorts du lit.

Après un quart d'heure passé à guetter en regardant le plafond, Eleanor Adams appela de sa voix grinçante :

— Mabel !… Aurora !… Une de vous deux !…

Ce fut Aurora qui descendit, la plus petite, la plus boulotte, qui avait une taie sur l'œil droit, ce qui donnait quelque chose d'étrange à son regard.

— Qu'est-ce qu'il y a encore ? Si vous avez envie de vous évanouir, je vous préviens que je ne m'en occupe plus.

— J'ai un nouveau locataire.

— Je sais. J'ai entendu.

— Qu'est-ce qu'il fait ?

— Je ne suis pas allée voir dans sa chambre.

— Cela arrivera bien un jour ou l'autre.

— Cela me regarde.

— Ne commençons pas encore à nous disputer.

— C'est vous qui m'avez appelée.

— Parce qu'il ne bouge pas. Je me demande ce qu'il peut faire.

Et elles tendirent l'oreille toutes les deux, maudissant Mabel qui venait de mettre sa petite radio en marche et qui accompagnait la musique en chantant.

À une heure, Charlie ouvrit les volets du bar, et la neige, sur le sol, était brillante, avec une allée noire devant chaque seuil. Le vieux Scroggins, le tenancier du billard, lui adressa le bonjour de la main. Une légère brise se levait, qui paraissait tiède, avec parfois des bouffées plus froides.

Charlie regarda, de loin, la maison d'Eleanor, puis alla s'asseoir dans un coin de son bar et ouvrit le journal du dimanche. De temps en temps, il levait les yeux vers l'horloge.

Il attendait l'homme.

3

Il arrive que l'hiver s'y reprenne à plusieurs fois avant de s'établir, qu'un retour de l'été indien remette le froid à plus tard. Il n'en fut pas ainsi cette année. Il neigea, le dimanche soir, vers cinq heures, encore ; la neige tomba serrée toute la nuit pour cesser à l'aube et, pour un temps, il en fut ainsi chaque jour, avec, vers onze heures du matin, un moment lumineux pendant lequel le soleil tentait de percer la coupole de nuages.

Dès le début de la semaine, la vie d'hiver avait commencé ; les caoutchoucs noirs et luisants étaient sortis des placards ; les enfants portaient leurs *tuques*[1] jaunes, rouges ou vertes, avec un pompon au bout, qui soulignaient les couleurs de leurs joues, des écharpes tricotées et de gros gants de laine. À part les employés de bureau et de magasin, condamnés à une tenue plus conformiste, la plupart des hommes, dehors, endossaient par-dessus leurs vêtements des vestes de sport à grands carreaux bariolés.

Dès le début de la semaine aussi, Justin Ward s'était imposé à la ville, au quartier, et, vers le mercredi, on pouvait dire qu'il en faisait partie. Lui, le premier, le

1. *Tuque* — se prononce (à peu près) *touque* : bonnet en laine tricotée, avec une pointe terminée par un gland, que l'on porte dans le nord des États-Unis et au Canada.

dimanche après-midi, avait appelé Charlie par son prénom, comme tous les clients, et, en s'endormant, ce soir-là, l'Italien s'était promis d'agir de même dès le lendemain.

Il l'avait fait quand, vers dix heures du matin, l'homme était venu lire ses journaux sur un coin du comptoir verni.

— *Hello !* Justin. Une magnifique journée, n'est-ce pas ?

Cela s'était fort bien passé. Ward n'avait pas sourcillé.

— Qu'est-ce que je vous sers, Justin ?

Et tous les deux avaient compris que cette question était plus importante qu'elle n'en avait l'air, que tout ce qui se passait au cours de cette première journée avait son importance, parce qu'une tradition était en train de s'établir.

— Il est encore un peu tôt et il fait trop frais pour boire de la bière, suggéra Charlie. Que diriez-vous d'un petit verre de gin avec une goutte d'angustura ?

Ward avait réfléchi, puis adopté l'idée. Mais, ce matin-là aussi, il fut établi qu'il ne boirait qu'un seul verre de dix heures à midi. Ce n'était pas un buveur. Il lui arrivait, après plusieurs cigarettes qu'il fumait jusqu'à l'extrême bout, de réclamer un verre d'eau glacée.

Il ne s'occupait pas de Charlie qui, à ce moment de la journée, montait des bouteilles de bière et de soda, sortait les vidanges, époussetait les rayons et mettait le bar en ordre.

Eleanor Adams, elle aussi, commençait à s'habituer au genre de vie de son nouveau locataire. Il se levait de bonne heure, à sept heures du matin, alors que le jour n'était pas levé, si bien que, le lundi, sa première idée fut qu'il commençait tôt dans un bureau. Il préparait son petit déjeuner, et l'odeur des œufs au bacon s'infiltrait dans les couloirs. Puis il faisait couler son bain et restait si longtemps dans l'eau qu'elle crut plusieurs fois qu'il s'y était endormi ou évanoui.

Eleanor, avec son sens inné de la maladie, lui trouvait un air malsain, et c'était vrai qu'il avait le teint trop uni, d'un blanc d'ivoire. On ne sentait pas le sang circuler sous la peau. Sans être gros, il était gras, une mince couche de graisse amollissait tous ses contours.

Le dimanche après-midi, après son départ, elle avait fouillé la chambre, sûre d'y trouver des fioles pharmaceutiques, des pilules ou des seringues hypodermiques mais la mallette était fermée, les armoires aussi, tout ce qui pouvait être enfermé l'était, et le locataire avait emporté les clefs.

Est-ce qu'il laissait la liasse de billets dans sa chambre ou l'emportait-il toujours avec lui ? N'allait-il pas déposer cet argent à la banque ?

Charlie aussi se l'était demandé. Il connaissait assez d'employés dans les deux banques de la ville pour se renseigner sans peine. Ce ne fut pas nécessaire. Chaque fois qu'il avait à payer avec un billet, Ward tirait de sa poche la même liasse à élastique.

C'était le dimanche soir, vers cinq heures, qu'il avait fait son premier marché, et jusque-là il était resté assis au bar, sans rien dire, à écouter vaguement la radio. Il ne faisait pas encore partie du décor, mais déjà il ne manifestait plus la même volonté d'y rester étranger, d'y faire tache. Il s'intéressait visiblement aux conversations, et on pouvait prévoir que le moment viendrait où il y participerait.

Comment avait-il appris que le magasin du Chinois, dans Market Street, était ouvert le dimanche après-midi ? Peut-être, tout simplement, en lisant le journal, où Hung Fou avait toujours une réclame d'un quart de page ?

Au moment où il quittait le bar, on parlait de l'arrestation de l'assassin, et quelqu'un s'indignait qu'on pût employer des chiens pour chasser l'homme. Sans doute cela ne l'intéressait-il pas, car il était sorti avant la fin de la discussion.

On l'avait vu repasser une heure plus tard sous le globe électrique, suivi du fils du Chinois qui portait un colis de provisions.

Mabel et Aurora étaient au cinéma. Elles cuisinaient peu, mangeant à la *cafeteria* quand elles avaient de l'argent, au restaurant, parfois même à l'*Hôtel Mose* quand on les invitait, se contentant de saucisson ou d'une boîte de conserves lorsqu'elles restaient chez elles.

— Il fait son ménage comme une femme, avait remarqué Eleanor, le lundi soir, alors qu'elle avait pu accrocher Aurora au pied de l'escalier. Je ne crois pas que tu aies beaucoup de mal à repousser ses avances, pour le cas où tu aurais envie de les repousser. Regarde-le marcher. Il a des hanches de femme.

C'était exact. Elle était la seule que cela avait frappé. Non seulement Justin Ward avait les hanches empâtées, mais il se dandinait en marchant comme font les femmes potelées.

— Vous n'avez besoin de rien, monsieur Justin ?

— De rien, madame.

Le téléphone, qui était à la disposition des locataires, se trouvait au pied de l'escalier, sur une banquette, mais il n'avait pas l'air de vouloir s'en servir et ne bronchait pas quand il entendait la sonnerie. Il dut apprendre bien vite que c'était presque invariablement pour une des deux filles.

Il faisait son lit convenablement, pour un homme, mieux que la plupart des hommes, et ne laissait pas de miettes de pain traîner par terre. Le lundi soir, il descendit avec un paquet enveloppé de plusieurs journaux et demanda où étaient les poubelles.

Tous ses faits et gestes étaient d'une telle régularité qu'on aurait pu dire l'heure en le voyant à tel ou tel endroit. Quant à ce qu'il pouvait penser du matin au soir, en allant et venant de la sorte, personne n'en avait la moindre idée.

C'était le lundi matin encore qu'il s'était acheté un pardessus d'hiver, très épais, d'un gris souris, qui avait l'air d'un uniforme, et il devait désormais le porter tous les jours. Au même magasin, il s'était procuré des caoutchoucs et il prit l'habitude de les laisser, en entrant, à gauche de la porte, près du porte-parapluies, de sorte qu'il suffisait de jeter un coup d'œil dans cette direction pour savoir s'il était chez lui.

Il ne changea la place d'aucun meuble dans la chambre, n'ajouta rien de personnel, ne mit aucune photographie au mur ou sur la table.

Un petit fait eut l'air de confirmer Charlie dans son opinion. Il se produisit le mardi vers onze heures du matin, alors qu'il y avait déjà près d'une heure que Ward était au bar, devant son verre de gin, à lire les journaux.

C'était le moment où les habitués apportaient leurs paris pour les courses. Ils étaient assez peu nombreux, toujours les mêmes, et quand ils ne voyaient pas de physionomie suspecte, ils ne se donnaient pas la peine de passer dans la cuisine.

Rainsley, le représentant de Ford, qui avait son garage un bloc plus loin, mais qui ne circulait jamais qu'en auto, arrêta sa voiture devant le bar, sans couper le contact, entra en coup de vent et ouvrait déjà la bouche en marchant vers Charlie quand, apercevant Justin, il se ravisa.

— J'ai deux mots à te dire en particulier, Charlie !

Celui-ci hésita, comprenant que c'était en quelque sorte faire injure à Ward, mais il suivit Rainsley dans la cuisine, d'où le garagiste sortit par la porte de derrière quelques instants plus tard.

— « Carnation II » ? se contenta de prononcer Justin quand le patron du bar revint.

N'appartiendrait-il pas au F.B.I.[1] ? Charlie y pensa. Mais le F.B.I. s'occuperait-il des paris dans une petite ville perdue parmi les collines, à la frontière canadienne ? Comme il prenait son temps avant de répondre, Ward continua :

— Il a gagné toutes les courses qu'il a courues cette année, mais il ne gagnera pas aujourd'hui à Miami.

— Pourquoi ?

— Parce que son propriétaire n'a pas envie qu'il gagne.

Ce fut tout sur ce sujet. Il ne fournit pas d'explication. Seulement, un peu plus tard, Charlie le fit exprès de ne pas se cacher pour téléphoner des paris au représentant du syndicat à Calais, qui lui-même les transmettait à New York.

1. *Federal Bureau of Investigation.* Aux États-Unis, il y a une justice fédérale et une police fédérale, qui s'occupent des crimes fédéraux. Dans chaque État, il y a une justice d'État et une police d'État, qui n'ont à s'occuper que des crimes ou des délits ne tombant pas sous les lois fédérales. Certaines choses permises dans un État sont interdites dans un autre. Ce qui est *fédéral* est interdit (ou permis) dans la fédération entière des U.S.A. Le Bureau Fédéral des Recherches — F.B.I. — est un organisme très important. (N. de l'A.)

Et, l'après-midi, Justin, qui était là quand la radio donna le résultat des courses de Miami, se contenta d'un coup d'œil à Charlie en entendant annoncer que Carnation II était battu de deux longueurs.

Est-ce que, par hasard, le syndicat se méfiait de Charlie, qui pourtant avait toujours été régulier, et envoyait quelqu'un pour l'espionner ? Non. Ces gens-là étaient trop malins, ils s'y seraient pris autrement.

C'était plus compliqué, plus trouble, et il n'y avait pas autre chose à faire qu'attendre. Kenneth Brookes, qui était passé, n'était pas moins perplexe.

— Washington me répond : « Rien à signaler », et la police de l'État n'a rien non plus dans ses dossiers. Qu'est-ce qu'il fait ?

— Rien. Il sort de chez Eleanor vers neuf heures et demie du matin et va tranquillement acheter ses journaux dans Main Street.

— Quels journaux lit-il ?

— Un journal de Boston, un de New York et le *Chicago Tribune.*

Il existait bien un journal local, mais qui ne paraissait qu'une fois par semaine, le samedi matin.

— Il arrive ici à dix heures et y reste jusqu'à midi.

— Il parle ?

— Non. Il boit son verre, parcourt les journaux, fume des cigarettes et regarde à travers la vitre ce qui se passe dans la rue. Il paraît s'intéresser au billard d'en face. Il m'a demandé si le vieux Scroggins faisait ses affaires et s'il avait la licence pour la bière.

— La commission l'a refusée.

— C'est ce que je lui ai répondu. Vers midi, il va déjeuner à la *cafeteria*, toujours à la même table, et je crois qu'il mange toujours la même chose : un *ham-*

burger steak avec des pommes frites et une tarte aux pommes pour dessert.

— Si c'est pour cela qu'il est venu s'installer ici avec des airs aussi mystérieux ! ricana le sheriff. Si encore nous étions une station de ski, ou s'il chassait, s'il pêchait dans les lacs, on pourrait comprendre. J'ai eu la curiosité d'aller au City Hall et de m'assurer qu'il n'y a jamais eu de Ward dans la région.

Justin ne s'informait de personne en particulier. Il les regardait vivre avec attention, une attention froide, dénuée de sympathie, de chaleur humaine, comme il aurait observé les allées et venues d'une ruche.

— Il connaît les chevaux ! dit Charlie, qui n'avait pas à se gêner pour le sheriff.

— Ah !

— Et il est au courant du mécanisme du syndicat.

— Un *gambler ?*

Il y a des gens comme ça, qui débarquent dans les petites villes avec l'air de n'avoir rien à faire et qui, après quelques jours, proposent innocemment une partie de dés ou de poker.

— Il se serait installé chez Mose. Dans ce quartier-ci, il ne trouverait pas de clientèle.

En outre, l'homme, au lieu de se montrer revêche et mystérieux, se serait donné des allures de bon vivant, à la tournée facile, et, dès les premiers soirs, aurait été l'ami de tout le monde.

— J'ai remarqué qu'il n'aime pas les enfants. Quand mon dernier est entré en pleurant dans le bar, ce matin, il a sursauté et m'a regardé d'un œil courroucé, comme si j'avais laissé pénétrer un chien galeux ou comme s'il craignait que le gamin vienne souiller son pantalon.

Justin Ward ne s'intéressait pas aux magasins de Main Street, où il n'était entré que pour acheter son pardessus et ses caoutchoucs. Mais il avait rôdé un après-midi dans le quartier de la tannerie et, en quittant les rues pavées, il était allé jusqu'à la maison de Mike, dont il avait fait le tour. Avait-il aperçu les deux femmes, les mioches et les chèvres ?

Il continuait à faire son marché chez le Chinois, mais portait ses provisions lui-même, marchant toujours de ce pas dont on commençait à reconnaître la cadence.

— À cinq heures, il vient boire son verre de bière et écouter le bulletin de nouvelles de la radio puis il rentre chez lui préparer son dîner et revient vers huit heures. Je ne l'ai pas encore vu sourire et, quand on l'interpelle, il se contente le plus souvent d'un petit signe de tête.

On s'y habituerait. On s'habituait déjà. C'est le mercredi, vers onze heures du soir, que les deux filles, en rentrant d'un bal à Calais, avaient vu de la lumière sous la porte de leur voisin et avaient eu la curiosité de coller l'œil à la serrure.

Elles faillirent trahir leur présence en éclatant de rire. En effet, en chemise et en caleçon long, au milieu de la chambre et juste sous la lampe, Justin Ward accomplissait gravement des exercices de culture physique.

La plus jeune, Aurora, qui était méfiante, avait tendu un cheveu maintenu par deux boulettes de cire à la porte de son placard et un autre sur la fermeture de sa boîte à bijoux. Elle le fit trois jours de suite, sans résultat. Il n'était pas curieux de ses affaires, ni d'elle-même. Il n'était pas galant non plus et ne s'effaçait pas quand il la croisait dans l'escalier.

Et lorsque Eleanor, en l'entendant rentrer, à plusieurs reprises, surgit de son living-room dans l'espoir d'un bout de conversation, il passa sans se donner la peine de la regarder.

Quant au jeune homme qui occupait la chambre au fond du couloir, il ne rentrait que pour dormir et partait le matin de bonne heure ; il ne lui était arrivé de rencontrer Ward qu'une seule fois, à la porte, et il l'avait pris pour un agent d'assurances.

Dans la maison, Justin n'avait qu'une manie, celle de descendre fermer les fenêtres dès qu'on avait l'audace de les ouvrir. Il n'aérait jamais sa chambre qui, après trois jours, était déjà imprégnée d'une odeur fade et rance.

Il faisait de même chez Charlie, non avec la fenêtre, mais avec la porte, qu'il trouvait toujours ouverte en arrivant le matin et qu'il fermait avec soin, se levant pour aller la refermer si quelqu'un la laissait à nouveau ouverte.

C'est le jeudi, vers midi, peu après la sortie de Justin, que l'Italien eut l'espoir d'apprendre quelque chose. Trois maisons plus loin que le brocanteur, à côté de la menuiserie, il y avait une boutique entièrement vitrée, un atelier plutôt, dans lequel on voyait deux hommes en manches de chemise s'affairer autour de grosses machines noires et luisantes.

C'était l'imprimerie Nordell, qui se chargeait aussi bien des faire-part que des prospectus et des documents commerciaux. Chester Nordell, en outre, était à la fois le propriétaire, le directeur et à peu près l'unique rédacteur de la *Sentinelle*, le journal local qui paraissait chaque samedi.

Il venait de temps en temps chez Charlie, en voisin, l'été pour boire un verre de bière, l'hiver pour un grog, car son atelier vitré était ou torride ou glacé. Mais ce n'était pas un homme à s'accouder à un bar, ni quelqu'un avec qui on plaisantait librement.

Il habitait sur la colline une maison assez vaste, car il avait une femme et huit enfants. Sa femme n'avait pas de bonne, pas même de femme de ménage, et la voiture de l'imprimeur était une Ford vieille de cinq ans.

Contrairement à ce qui se passe d'habitude, son journal faisait plus de tort que de bien à son commerce, parce qu'il y disait tout ce qu'il croyait de son devoir de dire, même si cela pouvait lui attirer des inimitiés, voire des haines. Depuis trois ans, en particulier, il dénonçait les abus des gens de City Hall et il n'aurait tenu qu'à lui de recevoir de larges compensations pour son silence ou, selon la formule, pour une attitude plus compréhensive.

Chose curieuse, cet homme, qui bataillait tout seul en Don Quichotte, était un grand mou, au front dégarni, à la lèvre enfantine. On s'arrêtait toujours devant son atelier parce qu'on pouvait à toute heure y lire les dernières nouvelles sur un tableau noir qui annonçait aussi les événements locaux, y compris les décès et les naissances.

Comme s'il appartenait déjà à la ville, Justin avait pris l'habitude de jeter un coup d'œil à ce tableau au cours de sa promenade du matin, mais, peut-être, n'avait-il pas eu la curiosité de regarder à l'intérieur, où Chester Nordell et un rouquin travaillaient aux presses.

En tout cas, c'était assez exceptionnel de voir Nordell se déranger pour venir questionner Charlie, avec une certaine anxiété dans la voix.

À ce moment précis, on pouvait voir Ward, suivant son horaire, pousser la porte de la *cafeteria* d'en face.

— Vous avez son nom ?

— Il prétend s'appeler Ward, Justin Ward.

Nordell cherchait visiblement dans sa mémoire et paraissait dérouté.

— Remarquez que rien ne prouve que ce soit son nom véritable. Quand il l'a donné au sheriff, il a laissé entendre avec une certaine complaisance que c'était son droit de se faire appeler comme il lui plaisait.

— Il n'a pas dit d'où il venait ?

— Il évite d'en parler et pousse même la précaution jusqu'à découdre les marques dans ses vêtements.

— C'est curieux.

— Vous le connaissez ?

— Je n'en suis pas sûr. Je cherche. Il me rappelle quelqu'un. Ne lui arrive-t-il jamais de citer des noms de villes ?

— Jamais. Peut-être cependant lui est-il arrivé de se couper. Hier, Saounders a parlé du Texas devant lui. Je l'ai observé et j'ai eu l'impression qu'il connaissait le pays.

— Il s'agissait d'une ville en particulier ?

— De Dallas. Saounders, qui n'a fait qu'y passer jadis au cours de son voyage de noces, prétendait que c'est la ville la plus riche des États-Unis, plus riche et plus luxueuse que New York, Chicago ou Los Angeles.

Charlie nota que Nordell était plus grave, troublé, ce qui n'était pas dans son caractère.

— Il y a du vilain sur son compte ? Je veux dire sur le compte de l'homme à qui vous pensez ?

— Au contraire.

Et, cette fois, l'imprimeur rougit bel et bien, finit son verre et s'en alla en murmurant :

— Je n'en suis pas du tout sûr.

Charlie n'avait jamais entendu dire que Nordell eût vécu au Texas. Le directeur du journal était installé dans la ville avant lui, donc plus de quinze ans auparavant, et Charlie était même persuadé qu'il y avait toujours vécu.

Tant pis s'il faisait une nouvelle gaffe. Peut-être aussi était-ce une sorte de trahison vis-à-vis d'un voisin, d'un homme qu'il connaissait depuis longtemps, mais il était incapable de résister. Quand Justin prit place au bar, à cinq heures, il dit en lui servant sa bière :

— On m'a parlé de vous, tout à l'heure. Quelqu'un qui vous connaît.

Il regretta presque d'avoir été imprudent ; soudain, son interlocuteur devint pâle. Plus exactement son teint se plomba, fut d'un gris-blanc, son visage prit une immobilité de mannequin, tandis que les yeux bruns restaient seuls à vivre un moment de panique.

Ce fut très bref, si bref que Charlie se demanda ensuite s'il ne s'était pas trompé.

— Qui est-ce ? Pas quelqu'un de la ville, je suppose ?

Et, pour la première fois, Ward s'efforçait de sourire. Qui aurait deviné qu'avant de se faire déposer, le samedi précédent, au carrefour des Quatre-Vents, il connaissait le nom de la plupart des habitants, pour avoir étudié l'annuaire des téléphones ? Charlie, qui avait beaucoup vécu et qui se croyait malin, n'avait pas pensé à ça.

— Quelqu'un qui joue un rôle important en ville, au contraire, puisque c'est l'éditeur du journal.

— Nordell ?

C'était Ward qui avait prononcé le nom, qu'il avait pu lire sur la devanture de l'imprimerie, et l'intérêt disparut de son visage. Ou alors, ce qui restait était un intérêt tout juste poli, auquel, il est vrai, on n'était pas habitué de sa part.

— Il croit vous avoir rencontré au Texas, jadis, à Dallas, lui semble-t-il.

Charlie guettait une dénégation, mais Justin ne dit ni oui ni non.

— Si vous êtes celui à qui il pense, il a l'air d'avoir gardé de vous un bon souvenir.

Aucune réaction. Pas même une phrase banale au sujet des gens qu'on croit reconnaître, ou des coïncidences.

Charlie se demandait si, le lendemain matin, Justin éviterait de s'arrêter devant le journal, mais il n'en fut rien. La couche de neige, maintenant, était épaisse et craquante sous les pas. Déjà ce n'était plus un plaisir enfantin de dégager l'allée, le matin, sur le trottoir. Chacun sortait de chez soi avec sa pelle, à peu près à la même heure, après avoir chargé son calorifère, et certains, qui avaient les oreilles sensibles au froid, s'enfonçaient sur la tête la *tuque* de leur gamin.

De son seuil, Charlie ne pouvait voir l'intérieur de l'imprimerie, qui était du même côté de la rue que le bar, mais il vit Justin et son pardessus gris souris s'arrêter longuement devant le tableau noir. Il n'y avait aucune nouvelle sensationnelle ce matin-là, et il avait eu tout le temps de lire deux ou trois fois les quelques lignes écrites à la craie.

Chester Nordell, en manches de chemise — il travaillait toujours en manches de chemise, une visière verte sur le front —, avait fini par ouvrir sa porte et par s'avancer d'un pas pour lui adresser la parole.

On ne pouvait, de si loin, entendre ce qu'ils se disaient, mais il était clair que Ward répondait à son interlocuteur, prononçait même des phrases entières.

Chester, qui devait avoir froid, n'en laissait rien paraître, et l'autre avait son chapeau sur la tête, les mains dans ses poches, un petit bout de cigarette jaunâtre entre les lèvres.

L'invitait-on à entrer? Entrerait-il? N'entrerait-il pas?

De loin, Nordell semblait vouloir l'attirer chez lui, et Charlie aurait juré que, des deux, c'était l'imprimeur qui se montrait humble.

C'était lui, en tout cas, qui était sorti de chez lui, dans le froid du matin, pour amorcer l'entretien, lui qui restait dehors en bras de chemise, lui encore qui agitait la tête en parlant, comme pour être plus persuasif.

D'autre part, autant qu'on en pouvait juger à distance, c'était Justin qui mettait fin à la conversation, et, avec une urbanité qui ne lui était pas habituelle, se donnait la peine de sortir une main de sa poche pour toucher le bord de son chapeau. Cela eut-il un rapport, même lointain, avec la démarche que Ward fit au début de l'après-midi? Alors que, suivant son horaire, il aurait dû se diriger vers le magasin du Chinois, il entra au billard d'en face, d'un pas délibéré, tandis que le vieux Scroggins faisait la partie avec trois jeunes gens aux foulards voyants.

Scroggins avait plus de soixante-quinze ans et sa bronchite chronique lui faisait envoyer partout des crachats dégoûtants dont son plancher était étoilé. On l'avait toujours connu dans son billard, où, veuf, il vivait dans une petite pièce sans air, derrière les urinoirs.

C'était certainement l'endroit le plus miteux du quartier. Un comptoir vitré était plein de chocolats bon marché, de cacahuètes, de paquets de chewing-gum, de bonbons et de cartes postales humoristiques. Une grosse boîte en fer rouge, où l'on mettait de la glace chaque matin, contenait du Coca-Cola et d'autres boissons gazeuses dont les réclames couvraient les murs entre les tableaux noirs.

Contrairement à ce qu'on aurait pu croire, le billard était rarement vide, car, sur les dix mille habitants de la ville, il y en avait toujours qui ne travaillaient pas et ne savaient que faire. Il y avait surtout des jeunes gens qui aimaient venir prendre des airs affranchis et se lancer des défis autour des tables vertes.

Justin Ward eut la patience d'assister à toute la partie. C'était vendredi. De jeunes ouvriers en chômage entrèrent et occupèrent le second billard.

Puis les partenaires de Scroggins s'en allèrent, et on vit Justin se choisir une queue dans le râtelier, en garnir le bout de craie et ranger avec soin les billes en triangle. Il devait être fort à ce jeu, car, dès lors, Scroggins, dont les pantalons flasques pendaient sur les fesses, marqua les points avec mauvaise humeur et cracha plus souvent que de coutume.

Après, les deux hommes bavardèrent, debout près du comptoir, et leur conversation fut si longue que Justin arriva chez l'Italien avec un bon quart d'heure de retard, alors que la neige tombait depuis plusieurs minutes.

— Vous avez l'air d'être de première force au billard !

— Il m'est arrivé d'y jouer. Je me défends.

— Vous avez battu le vieux Scroggins, et j'aime autant vous avertir qu'il ne vous le pardonnera pas.

— Je crois, au contraire, qu'il est fort satisfait.

Il se tut un moment et une drôle de lueur passa dans ses yeux, qui fixaient la bière dans son verre.

D'une voix très neutre, il annonça :

— Je viens de lui acheter son fonds !

La première réaction de Charlie fut du dépit et il ne put s'empêcher de regarder Ward avec un certain mépris.

Justin l'avait eu, en somme ! Charlie avait fait travailler son esprit, avait échafaudé les suppositions les plus extravagantes, et c'était tout simple, tout bête, c'était sordide.

Rien de mystérieux, de prestigieux. Un vulgaire petit bonhomme comme il y en a tant, de ces solitaires qui gagnent leur vie à des métiers auxquels les autres ne pensent pas, ou que les autres dédaignent.

On en rencontre dans toutes les villes, dans tous les quartiers, et même dans les villages. Près de *la Cantine*, il y en avait un qui vendait des cacahuètes dans la rue, poussant une petite charrette et soufflant de temps en temps dans une trompette d'enfant.

On en avait connu un autre, mort à présent, qui faisait des crêpes et des pommes frites dans une baraque en planches.

Justin Ward — peu importait maintenant que ce fût son vrai nom ou que cela ne le fût pas — allait prendre la succession du vieux Scroggins qui était gâteux, qui l'avait toujours été, dont on parlait avec indulgence comme d'un drôle d'animal plutôt que comme d'un être humain.

— Une bonne affaire ! fit Charlie avec ironie.

Il avait envie de courir à la cuisine pour annoncer la nouvelle à sa femme.

— Dis donc, tu sais ce que c'est, Ward ?

Et, comme le receveur des postes entrait, il n'y tint plus.

— Vous ne jouez pas au billard, Chalmers ? Justin vient de racheter la boutique du vieux Scroggins !

On avait subitement envie de rire, de se taper de grands coups sur les cuisses. C'était un soulagement.

Un petit bricoleur de rien du tout, voilà ce que c'était. Et il n'avait pas l'excuse d'être gâteux comme Scroggins. Il devait avoir entre quarante et quarante-cinq ans. Il paraissait instruit, et sans doute avait-il vu du pays.

Il arrivait, un soir d'hiver, avec des airs énigmatiques. Il leur faisait peur à tous, on pouvait bien l'avouer. Il faisait marcher les esprits et les langues. Et puis, pfuittt !… Il rachetait le billard de Scroggins.

— Une excellente affaire, et vous allez être fort occupé !

Est-ce que l'autre sentait l'ironie ? Il n'y paraissait pas. Il restait à sa place, à regarder son verre, à les regarder, paisible, et on aurait dit, ma foi, qu'il savourait une jubilation intérieure.

— Je suppose qu'il vous cède sa chambre à coucher ? Eleanor va être dépitée de perdre un locataire.

Alors, comme si on lui avait parlé le plus sérieusement du monde, il répondait :

— Je garde Scroggins, qui continuera à habiter sa chambre.

— Cela ne s'arrose pas ?

— Si vous voulez.

— Qu'est-ce que vous prenez, Chalmers ? C'est la tournée de Justin. Un *high ball ?*

Du coup, bien que ce ne fût pas l'heure, Charlie se servit un verre de gin.

— Et pour vous, Justin ?

— Rien, merci. J'ai mon verre de bière.

— À propos de bière, je suppose que vous allez essayer d'obtenir la licence ? Scroggins n'y est jamais arrivé, mais, naturellement, il ne savait pas s'y prendre.

C'était toujours de l'ironie. Un groupe puissant, en ville, s'opposait invariablement à toute demande de licence pour la vente de la bière et des boissons alcoolisées.

— Je l'aurai.

— Vraiment ? On vous l'a promise ?

— Je sais que je l'aurai.

— Nordell va peut-être intervenir en votre faveur ?

C'était plus ironique que le reste, car, de tous les ennemis des débits de boissons, Nordell était le plus farouche et le plus virulent.

— Je crois qu'il le fera.

— C'est vrai que vous êtes de vieux amis.

Charlie eût-il voulu s'arrêter qu'il n'aurait pas pu. Il avait besoin de se venger de ses peurs et surtout de ses mouvements d'humilité. Cela lui montait comme des bulles. Il se sentait lancé, comme son gamin l'était parfois, quand on avait l'imprudence de plaisanter avec lui et qu'il n'y avait plus moyen de le calmer.

— Je commence à avoir peur pour mon commerce ! ajouta-t-il avec une gravité jouée. Il paraît que, dans certaines villes, on joue gros jeu au billard. Et ce qu'on jouera chez vous sera autant de perdu pour les courses. Ce n'est pas gentil de me faire ça, Justin !

Petit crabe, va ! Comment avait-on pu s'y tromper ? N'était-ce pas de cela qu'il avait l'air, avec son pardessus râpé, ses souliers noirs et sa mallette ? Et cette façon de s'entourer de mystère pour impressionner les gens !

Pas étonnant que le F.B.I. ne se soit jamais inquiété de lui. Ces gens-là, il n'y a que les constables à s'en occuper, quand ils mettent leur charrette en travers de la rue, qu'ils vendent des produits pas frais et qu'ils servent à boire à des mineurs.

S'ils deviennent encombrants, on les appelle dans le bureau du chef de la police et on leur fait comprendre qu'ils feraient mieux d'aller exercer leur industrie ailleurs.

On les flanque à la porte avec un coup de pied au derrière, voilà ! C'est pour cela qu'ils connaissent du pays. On les a vite assez vus et force leur est de voyager.

Ward savait compter, un point c'était tout, puisqu'il était parvenu à avoir cinq mille dollars de côté, cinq mille dollars qu'il avait sans doute mis vingt ans à gagner.

— Entre, Saounders ! Qu'est-ce que tu prends ? Justin offre une tournée.

C'était amusant de lire la surprise sur le visage de Saounders, surprise causée moins par la nouvelle que par le ton que Charlie se permettait soudain d'employer.

— Je te présente le successeur du vieux Scroggins !

Le plâtrier ne le croyait pas.

— C'est vrai ? demandait-il à Ward, sur un ton encore respectueux.

— C'est exact.

— Ah !

Il n'osait pas rire, ne savait pas quelle contenance prendre, finissait par dire gravement :

— Alors ce sera un double bourbon ! Sans eau de Seltz.

Cela n'avait même pas tenu une semaine ! Il restait à prévenir Brookes, mais pour cela il fallait attendre que Ward fût parti. D'après son horaire, il n'en avait plus que pour quelques minutes. Son horaire ! Dire que sa régularité même les avait impressionnés !

Il téléphonerait à Eleanor aussi. Mais Eleanor ne comprendrait pas si bien le sel de la chose. Elle n'était jamais entrée dans un billard. Elle ne connaissait pas Scroggins, sinon pour l'avoir aperçu de loin sur son seuil.

Justin avait quand même de l'estomac, car il ne bronchait pas, ne paraissait toujours s'apercevoir de rien et, quand les aiguilles marquèrent six heures, il se laissa glisser de son tabouret et tira la fameuse liasse de sa poche.

Cela n'aurait étonné personne, maintenant, que ce soient des billets de la sainte farce, de ceux que les acteurs se jettent à la tête au théâtre.

— Deux dollars cinquante, Justin ! Si cela avait été un samedi, cela vous aurait coûté plus cher.

Il n'avait pas refermé la porte derrière lui que Charlie était déjà au téléphone.

— Kenneth ? Bon, tu me diras ta nouvelle tout à l'heure. La mienne est plus importante et je tiens à la servir chaude. Il s'agit de Ward, oui. Tu sais ce que c'est ? Il nous a eus. Mais, oui, il t'a eu, toi aussi. Il vient d'acheter le billard de Scroggins. C'est lui qui va tenir la boutique d'en face, et il espère bien avoir la licence pour la bière…

Les autres le regardaient et s'étonnèrent de le voir soudain grave. Il écoutait maintenant sans interrompre et on entendait dans l'appareil les éclats de la grosse voix du sheriff.

— Tu es sûr ? Tu viens de recevoir la note ? Et on ne dit rien d'autre ? Essaie de passer ici tout à l'heure. Tu trouveras bien un moment. Fiche-moi la paix avec ta femme !…

Quand il raccrocha il était troublé.

— Ce n'est pas ce que tu croyais ?

— Kenneth me dit…

Il regarda autour de lui comme pour s'assurer qu'on ne pouvait pas l'entendre.

— … Il vient de recevoir une note du F.B.I. le priant de laisser Ward tranquille.

Les verres de la tournée étaient encore sur le comptoir et Charlie se souvenait avec déplaisir de sa propre voix, tout à l'heure, quand les bulles lui montaient dans la poitrine et éclataient en plaisanteries stupides.

— Qu'est-ce que vous prenez ? demanda-t-il, le front soucieux.

4

« … J'admets que j'ai changé plusieurs fois d'opinion à son sujet, mais une chose est certaine : c'est qu'il sait ce qu'il fait. Or il a payé au vieux Scroggins six cents dollars comptant pour son fonds, ce qui est cher pour trois billards rapiécés, un comptoir, quelques chaises et un bail qui n'a plus que deux ans à courir. En plus il s'est engagé à verser vingt dollars par semaine au bonhomme et à le laisser continuer à coucher dans l'établissement.

» Est-ce que tu comprends ça ? Ne trouves-tu pas aussi qu'il y a quelque chose de louche ?

» Voilà maintenant une semaine, le lundi qui a suivi l'achat, il a fait venir un bricoleur, que nous appelons le Yougo, qui s'est mis à repeindre la salle.

» Tiens ! Encore un détail qui montre son caractère : le Yougo vient régulièrement prendre sa cuite chez moi le samedi soir, et je tolère parce que c'est presque une curiosité du pays et qu'il est sympathique à tout le monde. Samedi, Justin était chez moi aussi, à l'autre bout du comptoir. Il n'a pas adressé la parole au Yougo et pourtant celui-ci a commencé à travailler pour lui le lundi matin. Qu'est-ce que cela signifie, sinon qu'il est allé le trouver chez lui, en dehors de la ville, à travers un bon pied de neige, pendant la journée du dimanche ? Moi j'appelle ça des cachotteries.

» Je sais de bonne source qu'il lui donne sept dollars par jour, ce qui est encore une vacherie, car le Yougo a toujours été content de cinq dollars. Au train où vont les aménagements, ils en ont pour deux bonnes semaines.

» Veux-tu me dire comment il compte récupérer tout cet argent, même s'il obtenait la licence pour la bière, ce qui prendrait en tout cas des mois ?

» Tu me comprends. Si je te donne ces détails, c'est que, des journaux qu'il achète, il n'y en a qu'un qu'il lit de la première à la dernière ligne, y compris les petites annonces, et c'est le *Chicago Tribune.* Il y a une raison à ça, évidemment... »

Luigi, à qui la lettre était adressée, était un camarade d'enfance de Charlie, né dans la même rue de Brooklyn. Ils étaient quelques-uns, tous de souche italienne, qui, gamins, avaient fait partie des mêmes gangs et ne s'étaient jamais tout à fait perdus de vue. De tous, Luigi était celui qui avait le mieux réussi. Après avoir débuté à bord des transatlantiques, il était rentré comme chef de rang à l'*Hôtel Stevens*, à Chicago, où il était second maître d'hôtel, quand il avait décidé de monter un restaurant à son compte, le *Luigi's*, dans le quartier des théâtres.

« ... Je ne serais pas étonné si, en en parlant aux uns et aux autres autour de toi — *et tu comprends ce que je veux dire* — tu tombais sur des gars qui le connaissent.

» Lorsque j'aurai d'autres renseignements, je te les enverrai, mais la description que je t'en ai faite est aussi exacte que possible. J'oubliais de te signaler — les petits détails ont souvent leur importance, souviens-toi du doigt coupé de la fille rousse —, j'oubliais de te signaler, dis-je, qu'il a horreur des courants d'air et qu'il se lève sans cesse pour aller fermer la porte ou la fenêtre. Et aussi que, de temps en temps, il avale une pilule qu'il prend dans une boîte en carton qu'il a toujours dans la poche de son gilet. Ce sont des tics qui se remarquent. J'essayerai de savoir chez quel pharmacien il va renouveler son ordonnance et je finirai par savoir quelle maladie il a.

» Julia grossit toujours. Elle est énorme, mon vieux Luigi. Tu te souviens de la petite fille qui avait des pattes d'araignée ? Je ne m'en plains pas, car elle reste aussi alerte et m'aide beaucoup dans mon commerce. Sans tenir un restaurant, il nous arrive de servir à manger et… »

Il s'y était repris à une dizaine de fois pour écrire cette longue lettre sur le coin de son bar, au crayon violet, sans cesse interrompu par des clients et, deux fois, par Ward lui-même.

Car celui-ci, la première semaine, en tout cas, n'avait guère changé ses habitudes. Il quittait seulement un peu plus tôt la maison d'Eleanor et, avant d'aller acheter ses journaux dans Main Street, pénétrait dans son billard dont il refermait avec soin la porte. Le Yougo y arrivait avant lui et son premier travail avait été de lessiver les murs qu'il allait ensuite repeindre.

Pourquoi Charlie prit-il pour une sorte d'injure personnelle le fait que l'accord entre Justin et Mike s'était fait en dehors de lui ? À présent, les deux hommes paraissaient vivre en bonne intelligence. À travers la rue, Charlie pouvait voir Justin, d'habitude si avare en paroles, bavarder avec la grande brute qui éclatait parfois de rire. C'était pourtant difficile d'imaginer Ward faisant une plaisanterie !

Contrairement à ce qu'on aurait pu attendre, il ne modernisait pas l'établissement, ne tentait pas de l'égayer. Au lieu de choisir une couleur claire et plaisante, il faisait repeindre les murs en vert sombre et, pour le sol, avait choisi un linoléum qui imitait le marbre, dans les bruns et les jaunes. Il ne changeait pas non plus d'éclairage, fourni par des ampoules sans abat-jour qui pendaient du plafond au bout de leur fil.

Il paraissait content comme un homme en train de réaliser une excellente affaire. Le vieux Scroggins, qui, du coup, faisait plus vieux et plus cassé, déambulait d'un pas dérouté au milieu des seaux et des brosses.

À dix heures, comme d'habitude, Justin entrait chez Charlie pour son petit verre de gin et pour la lecture des journaux ; la seule différence était que, maintenant, c'était un regard satisfait de propriétaire qu'il lançait de temps en temps de l'autre côté de la rue.

La neige avait cessé de tomber. Une autre tranche d'hiver commençait, plus froide, de sorte que la neige ne fondait pas dans les rues et sur les toits, mais commençait à se salir. On avait parfois une heure ou deux de soleil et, le matin et vers le soir, des bourrasques subites happaient les passants aux carrefours. C'était l'époque des rhumes. La moitié des clients en avaient et se bourraient d'aspirine. On avait commencé, dans Main Street, les vitrines de Noël et on n'allait pas tarder à tendre au-dessus des rues les guirlandes ornées de feuillage artificiel et d'ampoules multicolores.

« *Merry Christmas !* »

Le soir, quand les enfants étaient endormis et que, le bar fermé, Charlie allait se coucher, il trouvait sa femme éveillée, lui parlant des cadeaux de Noël dont elle remettait sans cesse la liste en question.

La même semaine, en montant dans sa chambre, Chester Nordell avait trouvé, lui aussi, sa femme qui ne dormait pas encore. À quarante-deux ans, elle venait d'avoir son huitième bébé, se relevait deux fois par nuit et, dès six heures du matin, était debout, toujours alerte, vaillante, heureuse dans un univers qui se bornait aux limites de la maison.

— Je ferais peut-être mieux de te parler de quelque chose qui me tracasse, avait-il murmuré en se couchant à son côté.

Ils avaient chuchoté toute leur vie, à cause des enfants, car il leur fallait attendre qu'ils fussent tous endormis pour parler de choses sérieuses.

— J'ai commis, jadis, quand j'étais jeune, une vilaine action, dont je me suis toujours repenti, et, tout à coup, elle est venue me poursuivre ici.

— Tu as dévalisé quelqu'un ? demanda-t-elle sans inquiétude.

— J'ai fait pis. Mais je me demande si tu vas comprendre. J'avais environ dix-neuf ans et mes parents m'avaient envoyé à Dallas pour apprendre mon métier chez un frère de ma mère qui était imprimeur.

— L'oncle Bruce, je sais, celui qui avait un défaut de prononciation et qui devait te laisser sa chaîne de montre.

— Il me l'a léguée, mais ça ne fait rien. Il me traitait comme n'importe lequel de ses ouvriers, parce que c'étaient ses principes, et je gagnais tout juste de quoi payer ma chambre et ma pension en ville. Cependant, j'avais une petite amie et il m'arrivait de la sortir. Une fois, j'ai pensé l'éblouir en la conduisant dans un *night club* très chic, très exclusif, le seul de la ville, je crois bien, à cette époque en tout cas, où on n'admettait ni les gens de couleur, ni les Juifs.

— Ta petite amie était juive ?

— Non. Attends. Je nous revois, dans un coin de la salle, assis tous les deux devant une table éclairée par une lampe à abat-jour rose.

» — Tu ne trouves pas, Ches, que ce type exagère ? me dit la petite à un moment donné. Il ne cesse de me regarder. Il me dévore des yeux, sans se soucier que je sois accompagnée.

» À deux tables de nous, il y avait un jeune homme assez quelconque, plutôt laid que beau, l'air maladif, et je dois avouer qu'il ne se montrait pas le moins du monde inconvenant.

» Tu sais comment sont les petites filles qui commencent à sortir. Alice était toujours persuadée que les hommes avaient les regards fixés sur elle.

» — Je t'assure, Ches, que je ne sais plus de quel côté me tourner. Cela en devient gênant.

» Je suis persuadé, aujourd'hui, que le jeune homme, qui devait être pauvre et dont c'était peut-être la première soirée dans un *night club*, était aussi inquiet que moi de l'addition.

» — Il a de la chance, en tout cas, que tu ne sois pas de ceux qui envoient leur poing à la figure des gens, pour moins que ça !

» Tu entends d'ici la petite garce. Eh bien ! j'ai été lâche, et j'ai commis ce soir-là la plus vilaine, la plus basse action de ma vie. J'ai voulu épater cette gamine qui ne m'était rien, que je n'avais même pas encore embrassée. J'aurais pu me contenter d'aller demander des explications à l'inconnu, qui se serait probablement excusé.

» Mais, quelques jours plus tôt, j'avais entendu parler de l'ostracisme de la boîte où nous étions à l'égard des Israélites.

» — Tu vas voir que ce ne sera pas long ! dis-je avec assurance.

» Et j'appelai le maître d'hôtel, pris mon air le plus dégagé, le plus dédaigneux, dis qui j'étais : le neveu d'un homme connu dans la ville, qui possédait un journal.

» — Je m'étonne que vous ayez laissé entrer un Juif ici. On m'avait assuré que le club était le plus exclusif de la ville et même du Texas.

» Du bout du menu, je désignai le jeune homme solitaire.

» — Vous croyez qu'il est Juif ?

» Je n'en étais pas certain du tout. Il était noir de poil, certes avec un teint bilieux et un nez, en somme assez proéminent, mais rien ne prouvait qu'il fût d'une autre race que moi.

» — Pas plus tard qu'hier, affirmai-je, je l'ai vu sortir de la synagogue.

» Ce fut tout simple, mais pas beau, ma pauvre Evelyn. Le maître d'hôtel s'est dirigé vers le jeune homme et s'est penché discrètement sur lui, lui a dit quelques mots à l'oreille. Tout de suite, l'inconnu m'a regardé et, dans ses yeux, je ne pouvais pas lire un reproche, mais un immense étonnement.

» Il ne m'avait jamais vu. Il n'avait jamais entendu parler de moi. Il se demandait pourquoi un jeune homme de son âge se montrait si cruel avec lui, sans raison.

» Je serais enclin à croire, maintenant, que s'il avait été israélite il aurait discuté. C'est tout juste s'il a fait un mouvement pour prendre son portefeuille dans sa poche, peut-être afin de prouver qu'il avait un nom chrétien, peut-être dans l'intention de payer ce souper qu'on ne lui laissait pas achever.

» Sans lui en donner le temps, on le conduisait vers le vestiaire et quelques instants plus tard la porte se refermait sur lui.

— C'est tout ?

— Ce serait tout si, il y a quelques jours, je n'avais cru le reconnaître à travers les vitres de l'atelier. Cent fois, en m'endormant, j'ai pensé à lui avec remords. Je connais, tout au moins de vue, les habitants de la ville et, à plus forte raison, ceux qui passent régulièrement dans ma rue. J'ai sursauté en le voyant, lui, occupé à lire les nouvelles sur le tableau noir.

» Il est revenu deux fois, trois fois, il est revenu chaque matin, à la même heure, comme un vivant reproche.

» Je suis allé questionner Charlie, car, à plusieurs reprises, j'avais aperçu l'homme sortant du bar. Charlie m'a dit qu'à sa connaissance l'inconnu, qui s'appelle Ward, a dû passer un certain temps au Texas.

» Alors je l'ai guetté et j'ai fini par ouvrir ma porte. Je l'ai interpellé sur le trottoir, et il n'a pas paru surpris. Je lui ai demandé s'il me reconnaissait, et il m'a répondu qu'il n'en était pas sûr, qu'il n'avait pas la mémoire des physionomies.

» — Vous ne vous souvenez pas de Dallas ?

» Et, comme il hésitait à répondre, j'ai continué.

» — ... D'une certaine soirée particulièrement humiliante, à Dallas ? En tout cas, si c'est vous, je vous prie de bien vouloir accepter les excuses que je vous dois. Je serais heureux de vous rendre service et, si je puis vous être utile, dans une ville où je connais tout le monde et où vous êtes étranger, je me mets à votre entière disposition.

— Qu'a-t-il répondu ?

— Rien de précis. Il m'a dit qu'il venait d'arriver et que ses projets étaient encore vagues.

— Il ne t'a pas demandé d'argent ?

— Jamais de la vie. Et, maintenant que j'ai acquis une certaine expérience, je suis certain que, si c'est lui mon jeune homme de jadis, celui-ci n'était pas juif.

— Et si ce n'est pas lui ?

Elle ne lui laissa pas le temps de répondre.

— Dors, maintenant, Ches ! murmura-t-elle paisiblement en faisant son trou dans l'oreiller.

Trente secondes plus tard, elle était endormie, comme elle en avait l'habitude.

— Savez-vous à quoi il me fait penser ? avait dit, en regardant à travers la rue, Jef Saounders, le plâtrier, qui était un chasseur enragé. À un homme en train de préparer une trappe, et qui se frotte les mains en pensant à ce qui s'y fera bientôt prendre !

Il y avait du vrai dans l'image. Si Justin n'allait pas jusqu'à se frotter les mains, au sens littéral du mot, on lui voyait parfois, quand il ne se croyait pas observé, un air de jubilation intérieure qui ne cadrait pas avec son aspect habituel.

Évidemment, un billard n'attire pas spécialement la crème des garçons. Pendant la journée surtout, il est plutôt fréquenté par ceux qui n'ont pas un travail fixe. Il y a aussi le fait qu'on joue de l'argent, que les enjeux peuvent être importants, et enfin qu'on engage souvent des paris sur les parties.

C'est fréquemment au billard de Scroggins que Brookes, le sheriff, retrouvait les gamins coupables de menus vols, parfois de cambriolages.

Était-ce l'intention de Justin de s'entourer d'un gang de jeunes ? Mais alors pourquoi le F.B.I. se donnait-il la peine d'envoyer à Kenneth une note lui conseillant de ne pas s'occuper de lui ?

Charlie y mettrait le temps qu'il faudrait, mais il en viendrait à bout.

Il avait encore obtenu un renseignement qui pouvait avoir sa valeur, un soir qu'Aurora, la petite brune, était venue boire un verre au bar, toute seule, alors que son amie avait sans doute un rendez-vous en ville. Avec l'air de rien, Charlie avait insinué :

— Votre voisin ne vous a pas encore fait la cour ?

— Pas à moi, Dieu merci ! avait-elle répliqué en se mettant du rouge à lèvres.

— À qui, alors ? À Mabel ?

— Ce que Mabel fait ne me regarde pas, n'est-ce pas ?

Il avait senti qu'il y avait quelque chose et il brûlait de savoir, mais il n'avait pas insisté. C'était elle qui avait remis le sujet sur le tapis, indirectement, après qu'il lui eut offert un petit verre.

— Est-ce que cela a une signification spéciale, quand un homme aime qu'une femme porte des talons très hauts ?

— Mon Dieu, je suppose que cela signifie qu'il la trouve trop petite, ou qu'il préfère se promener avec une grande fille.

— Ce n'est pas cela que je veux dire. Je veux dire *pas dans la rue.*

Il avait froncé les sourcils, car cela lui rappelait des souvenirs.

Pendant quelques mois, à Detroit, il avait géré une boutique de cigares où l'on vendait aussi de la littérature spéciale. À vrai dire, il n'avait jamais eu la curiosité de lire ces livres et ces magazines enfermés la plupart du temps dans de la Cellophane et dont les titres comportaient invariablement le mot sexe. La phrase d'Aurora lui remettait soudain en mémoire certaines gravures représentant des femmes qui, même à moitié nues, portaient des chaussures à talons démesurés, parfois des bottines lacées à l'ancienne mode, ce qui l'avait surpris.

— Il y a des maniaques de toutes espèces, mon petit, s'était-il contenté de murmurer, espérant bien qu'elle reviendrait sur le sujet.

Mais, songeuse, comme vaguement inquiète, elle finit son verre, se regarda un moment dans le miroir, fit bouffer ses cheveux sur les côtés et lui dit bonsoir.

L'incident qui avait troublé Aurora datait de la nuit précédente. Les jeunes filles partageaient depuis longtemps la même chambre, afin de réduire les frais, et il leur arrivait souvent de sortir ensemble avec des garçons. Il arrivait même à la voiture où ils étaient quatre de rester longtemps arrêtée dans un coin obscur de la campagne, mais il n'existait pas moins des sujets dont elles évitaient de parler.

Quant à ce qui s'était passé la veille, Mabel avait laissé entendre assez nettement qu'elle n'avait pas l'intention d'en souffler mot.

Ce n'était pas une vilaine fille, malgré son long visage assez dur, un peu chevalin, car elle avait la fraîcheur des rousses. Plus tard, elle ressemblerait probablement à Eleanor Adams, mais les hommes n'en savaient rien et ne se souciaient d'ailleurs pas de ce qu'elle serait à cinquante ans.

Aurora était allée dîner à Calais en compagnie d'un ami propriétaire d'une voiture et elle était rentrée vers une heure du matin. Elle serait rentrée plus tard, comme d'habitude dans ces occasions-là, si les cocktails qu'ils avaient bus au bar près de la frontière ne l'avaient pas rendue malade.

En pénétrant dans la chambre, elle avait été surprise de ne pas trouver Mabel, dont le lit n'était pas défait. Puis, alors qu'elle commençait à se déshabiller, elle avait remarqué que la porte de son propre placard était ouverte. Sa première pensée fut que cette garce de Mabel avait emprunté une fois de plus une de ses robes, bien qu'elles ne fussent pas tout à fait de la même taille. Or aucune robe ne manquait. Ce qui manquait, c'était la paire de chaussures du soir, à talons très hauts, qu'Aurora avait achetée quelques semaines plus tôt à l'occasion d'un bal.

En traversant la maison endormie — on laissait toujours une légère lumière dans les couloirs —, elle n'avait pas pensé à regarder sous les portes pour savoir si les locataires étaient encore éveillés.

Elle ne se posa la question qu'en voyant que rien ne manquait dans le placard de Mabel qui, par conséquent, portait les mêmes vêtements que l'après-midi, une jupe en laine bleu marine et un sweater rouge. N'était-il pas difficile de croire, malgré tout son mauvais goût, qu'elle était sortie en sweater rouge et en souliers de soirée ?

D'ailleurs son manteau était là aussi, et son sac à main.

En culotte et en soutien-gorge, Aurora ouvrit la porte pour regarder dans le couloir et, juste à ce moment, Mabel sortait de la chambre de Justin Ward, marchant sur ses bas, portant les fameux souliers à la main. Elle était tout habillée, plus pâle que d'habitude, et ne paraissait pas dans son assiette.

— Eh bien ! ma fille !

— Toi, je t'en prie, ferme-la !

— C'est cela ! Tu me chipes mes souliers et tu me demandes de la fermer.

— Les voilà, tes souliers ! Je ne les ai pas portés un quart d'heure et je n'ai pas pu les abîmer, puisque je ne suis pas allée dehors avec. D'ailleurs, ils me font mal aux pieds.

— Alors, pourquoi les as-tu pris ? Tu te figures qu'ils vont avec ton sweater et ta jupe de tous les jours ?

— Cela me regarde.

— En tout cas, je te félicite de ton goût. L'odeur ne t'a pas écœurée ?

— Tais-toi, veux-tu !

Brusquement Mabel, toujours si calme, se jeta en travers de son lit, sans pleurer, se contentant de regarder fixement le mur et de mordre son mouchoir roulé en boule.

— Il est venu te chercher ici ?

— Je t'en supplie, Aurora !

— Comme tu voudras. En effet, cela ne me regarde pas et tu es libre de coucher avec qui te plaît.

Alors Mabel commença une phrase qu'elle n'acheva pas.

— Je n'ai pas...

Mais elle se mordit les lèvres en voyant son amie la regarder avec surprise et se tut.

— Si vous n'avez pas fait ça, qu'est-ce que vous avez fait ?

Mabel s'était ressaisie. Elle se tenait à nouveau debout, le front têtu, les traits tirés, avec toujours, cependant, quelque chose de fixe dans le regard. Avant de se déshabiller, elle se souvint d'un détail, sa main plongea vivement dans son corsage, puis fourra un objet dans son sac. Aurora, qui lui tournait le dos, mais qui voyait dans la glace, fut à peu près sûre que c'était un billet de cinquante dollars.

Or le lendemain matin Aurora était en train de téléphoner dans le hall d'entrée, et son amie l'attendait, assise sur la banquette, quand Justin Ward descendit. Il n'avait même pas regardé Mabel. Selon son habitude, il ne leur avait pas parlé et s'était contenté de toucher du doigt le bord de son chapeau.

Est-ce que Charlie savait ce que les hauts talons signifiaient ?

Était-ce exprès qu'il ne lui avait pas dit ?

En tout cas, pendant les jours qui suivirent, Mabel ne livra rien de son secret, mais un soir qu'elle n'était pas dans sa chambre et qu'Aurora fouillait ses tiroirs elle y trouva, cachée sous du linge, une paire de chaussures en vernis noir qui n'avait pas encore été portée et dont les talons étaient encore plus hauts que les siens.

— La trappe sera bientôt prête ! ricanait chaque jour Jef Saounders, qui ne changeait pas souvent ses plaisanteries.

Il put annoncer enfin :

— La trappe est prête !

Car on ne voyait plus rien à faire au billard d'en face, où le vieux Scroggins, le fond du pantalon sur les cuisses, avait repris sa place au comptoir. Les tableaux noirs étaient là, et les rangs de chaises surélevées le long des murs pour ceux qui désiraient suivre les parties. On ne servait toujours pas de bière, mais le journal avait annoncé que le nommé Justin C. Ward, propriétaire, avait déposé sa demande et que l'enquête était ouverte.

Cela signifiait que les voisins, commerçants ou pères de famille étaient invités à faire valoir leurs objections à l'octroi de la licence. D'habitude, cela se faisait par une pétition qui circulait de main en main et se couvrait de noms.

La dernière fois, Chester Nordell s'était chargé de lancer cette pétition, et il l'avait fait résolument dans les colonnes de son journal. Or, le samedi qui suivit l'ouverture de l'enquête, il n'y avait pas un mot à ce sujet dans la *Sentinelle.*

Charlie, lui aussi, avait normalement son mot à dire. À cause de la proximité du billard, son commerce souffrirait de l'octroi d'une nouvelle licence, et il était tout désigné pour présenter une protestation à la signature de ses amis et de ses clients. Cela s'était toujours fait. C'était de bonne guerre. On lui demanda :

— Tu te laisses faire, Charlie ?

Et il répondait évasivement :

— On verra… On verra…

— Avoue que tu as eu un peu peur.

Ce n'était pas vrai. Justin l'intriguait, voilà tout. Peut-être aussi se sentait-il vaguement inquiet, d'une inquiétude impersonnelle. Certains ciels chargés d'électricité vous donnent ainsi de l'anxiété, sans parfois qu'on se rende compte de son malaise avant que l'orage éclate.

Or Justin Ward, lui aussi, était une menace vague. Une menace pour qui, pour quoi, c'est ce qu'on ne savait pas encore.

Un simple détail, peut-être ridicule, mais significatif. C'était connu que Charlie était jaloux, non pas de Julia, qui passait sa vie dans la cuisine derrière son dos et qui ne lui donnait aucune inquiétude, mais de ses amis, de ses clients, jaloux, si l'on veut, de son prestige dans le quartier. C'était légitime. Il avait conscience de son importance et n'aimait pas voir les gens s'entendre à son insu, chez lui, dans son bar.

Mike n'était pas un bon client, puisqu'il ne venait que le samedi et qu'il mettait souvent des semaines à régler son ardoise par petites sommes.

Cela choqua néanmoins Charlie, le dernier samedi, de voir le Yougo prendre vis-à-vis de lui et des autres une attitude qui ne lui était pas habituelle, et où il était difficile de ne pas voir l'influence de Ward.

Cela ne se dessina pas tout de suite. Mike était dans son coin, le dos au mur, comme d'habitude, et commençait à s'imbiber. Il parlait de la neige qui n'était pas la même, qui était plus douce dans « à nous pays », et des paysans tout blancs qui, le dimanche, s'acheminaient vers l'église.

— Tu ne vas pas prétendre que, chez toi, les paysans s'habillent de blanc, ou qu'ils vont au service en chemise de nuit, Yougo ? taquina Saounders, qui avait bu quelques verres, lui aussi.

— Blancs costumes avec la laine à nous brebis… Avec des bottes blanches jusqu'ici et des rubans…

Il montrait le haut de ses cuisses, puis parlait des cloches et des clochers couverts d'or.

— Si, dans ton pays, il y a de l'or sur les clochers, tu aurais bien dû, toi qui as tout du singe, y grimper et en mettre dans ta poche avant de partir.

Ward était là, à l'autre bout du comptoir, et Mike, qui, les autres fois, acceptait en riant les plaisanteries, regardait aujourd'hui autour de lui avec un commencement de colère. On aurait dit qu'il retroussait les babines. Mais d'autres clients étaient entrés et, pour un temps, on ne s'occupa plus de lui.

Il continuait à boire, tout seul, en se racontant des histoires, et, au lieu de son large sourire enfantin, c'était de la rancune qu'exprimait son visage assombri.

À dix heures, Justin paya ses consommations, s'en alla ; on entendit son pas s'éloigner sur le trottoir, puis la porte de la maison d'Eleanor se refermer.

— Voilà le corbeau parti ! remarqua quelqu'un.

Un autre renchérit :

— Si c'est de la charogne qu'il cherche, il n'en trouvera pas son compte par ici.

Charlie, qui, par hasard, regardait Mike, fut stupéfait de voir une vraie colère lui monter au visage, tandis que ses gros poings se serraient sur le comptoir.

Était-ce parce que, pendant une dizaine de jours, il avait travaillé pour Ward ? Fallait-il croire qu'il vouait une fidélité de chien à qui le nourrissait ?

— Croâ !...Croâ !...Croâ !...

Tout le monde se retourna vers le Yougo qui croassait d'un air menaçant.

— Tu n'as pas fini, toi ? Qu'est-ce que tu veux dire avec tes « croâ » ? Tu ne peux pas t'exprimer comme un chrétien ?

Quand il était ivre, comme c'était le cas, Mike oubliait le peu d'anglais qu'il savait et souvent il se mettait à parler avec volubilité, dans une langue qu'on ne comprenait pas, en gesticulant de ses grands bras d'épouvantail.

— Croâ !... Croâ !... Croâ !...

— Change de disque, Yougo ! Tu nous fatigues.

— Vous autres, croâ… croâ… croâ…

On avait commencé par rire, puis les rires étaient devenus un peu gênés, et maintenant il les engueulait pour de bon, on comprenait qu'il était vraiment fâché et on en avait un peu peur, car il était fort comme quatre hommes.

— Ça va, Yougo. Finis ton verre et va te coucher.

Alors il se mit à répéter, sarcastique, avec son accent qui déformait les mots au point de les rendre méconnaissables :

— Bois-ton-verre… Bois-ton-verre… Tout-boire-tout-toi…

Frappé par l'onomatopée, il la reprenait sur des tons divers, comme une fugue.

Mais ces mots, dans sa grosse tête, avaient un sens connu de lui seul et il regardait les murs, les gens, les bouteilles, d'un œil de plus en plus sauvage, s'excitant au rythme de ses propres paroles et soudain, dans un paroxysme, il arracha une bouteille des mains de Charlie et colla ses lèvres au goulot.

Sans doute, dans tout cela, y avait-il une part de comédie. Il savait qu'il leur faisait peur, qu'ils attendaient un éclat, et il ne fallait pas les décevoir. Mais la sueur qui lui collait les cheveux au front était réelle, et l'expression hargneuse de sa bouche quand, cessant de boire, il eut une seconde d'hésitation pendant laquelle il eut le temps de voir tous les visages. Alors, balançant la bouteille à bout de bras, il l'envoya de toutes ses forces se briser contre un mur.

— Tout-boire-tout-toi…

Vacillant, il se tournait vers la porte, et on le regardait faire, on le voyait se mettre en marche.

— Tout-boire-tout-toi…

Dans un dernier hoquet il ricana douloureusement.

— Tout-toi-esclave-à-nous-pays…

Ce fut un soulagement de sentir une bouffée d'air froid voleter dans la salle et d'entendre la porte se refermer avec fracas. Pendant un moment, on resta à se considérer, comme si on gardait la pose, puis il sembla que l'hystérie devenait contagieuse ; Saounders, qu'on ne savait pas aussi saoul, se laissa glisser de son tabouret et se mit à gueuler avec un grand geste théâtral :

— Messieurs, en voilà un dans la trappe ! Il en a eu un, le bougre ! À qui le tour ?

— Ta gueule, Jef !

— À qui le tour ?

— Ta gueule, idiot !

Plus docile que le Yougo, Saounders se calma presque automatiquement. Il rit tout seul de sa bonne blague, se hissa à nouveau, non sans peine, sur son tabouret.

— Peut-être à moi, dis donc, Charlie, vieille vache, donne-moi à boire !

C'était un peu comme si quelque chose avait craqué, ce soir-là.

5

Le ciel était sombre, venteux, et la neige commençait à pourrir. L'auto qui avait foncé dans la rue en virant sur l'aile n'avait eu qu'un bond à faire avant de s'arrêter, frémissante, dans un grand cri de klaxon, en face du bar de Charlie. Même avant de voir sa licence de New York, on savait qu'elle venait de loin. C'était une grosse Buick sombre, à la carrosserie couverte de neige fondue et de boue, de lourdes chaînes autour des roues, mais l'intérieur, tendu de drap bleu marine, était aussi net, aussi douillet qu'un salon. Sans doute avait-elle traversé un brouillard, car ses codes étaient allumés et, dans la grisaille humide de la rue, ressemblaient à de gros yeux fiévreux.

Jim Coburn, habitué à cette gymnastique, avait fait passer ses trois cents livres par la portière et, pendant qu'il se dépliait sur le trottoir, un jeune homme que Charlie ne connaissait pas était sorti à son tour de l'auto. À son nez cassé, à ses paupières presque fermées, on comprenait que Coburn l'avait ramassé, selon son habitude, dans quelque salle de boxe de quartier.

Malgré la lumière crépusculaire, il devait être à peu près onze heures et demie du matin. Un instant auparavant, Justin était encore à sa place dans le bar, avec son journal déployé et son petit verre de gin à portée de la main. Au moment où il avait reconnu à la fois l'auto et Coburn, Charlie avait ouvert la bouche pour s'écrier joyeusement :

— Jim !

Or ce peu de temps pendant lequel il avait été distrait avait suffi à Ward pour disparaître. Alors que Jim entrait, Charlie avait eu l'impression d'entendre s'ouvrir la porte des lavabos, au fond de la salle, et il avait pensé machinalement que c'était la première fois que Ward s'y rendait.

— *Hello !* Charlie, ma petite poupée !

Le monumental Coburn, toujours soigné, rasé de frais, un gros diamant au doigt, avait une voix enrouée et grinçante comme si sa gorge broyait des noix. Il présentait son compagnon, en homme pas trop mécontent de l'avoir déniché.

— Jo-la-poigne, un brave petit, qui doit te rappeler le bon vieux temps. Ta femme est là ? Elle se porte bien ? J'espère qu'elle va nous préparer un de ses spaghetti-maison et que nous allons le déguster en famille !

Tous les six mois ou tous les ans, on voyait ainsi débarquer Coburn, et c'était toujours une fête. Charlie, cependant, restait distrait.

— On dirait que quelque chose te tracasse, fiston ?

En effet, il regardait le tabouret que Justin avait abandonné, son journal encore étalé sur le bar, puis la porte des lavabos qu'il était surpris de voir entrouverte.

— Tu permets un instant ?

Il trouva les lavabos vides et passa la tête dans la cuisine.

— Tu n'as vu personne ? demanda-t-il à Julia qui, penchée en avant, mettait un gâteau au four.

— Quelqu'un vient de passer derrière moi, j'ai cru que c'était toi, ou l'homme de la bière.

— Coburn est ici ! annonça-t-il en allant ouvrir une porte qui donnait dans l'allée.

C'était les coulisses du quartier, y compris d'une partie de Main Street qui appartenait au même bloc. L'allée, non pavée, encombrée de poubelles, était juste assez large pour laisser passer un camion et il y en avait précisément un, un gros jaune, qu'on déchargeait à la porte d'un magasin à prix unique.

— Vous n'avez vu passer personne, vous autres ?

— Un bonhomme en veston bleu et en chapeau gris ?

— Oui.

On le lui désigna, mais trop tard, car, tandis que Charlie tournait la tête de son côté, Ward, qui semblait être en embuscade au bout de l'allée, se jetait vivement en arrière, comme un gamin à l'affût.

Quand Charlie rejoignit Coburn, il était songeur.

— Il n'a même pas emporté son pardessus, remarqua-t-il en voyant le gros pardessus gris souris au portemanteau.

— De qui parles-tu ?

— D'un type qui était ici quand ta voiture s'est arrêtée et qui a filé sans rien dire, comme s'il était pris de coliques.

— Qui est-ce ?

— Il se fait appeler Justin Ward et vient de racheter le billard d'en face.

— Dis donc, fiston, tant que nous sommes seuls, il vaudrait mieux qu'on en finisse avec le boulot. Mon correspondant à Calais s'est un peu trop fait remarquer et j'ai besoin de quelqu'un là-bas, pour un coup de main. Tu connais ça ?

— Cela dépend de ce qu'il y a à faire.

— Venir chercher le petit ici et le conduire de l'autre côté de la frontière. Il n'en a que pour quelques minutes là-bas, un paquet à prendre, et sera de retour avant la nuit.

Charlie n'essaya pas d'en savoir davantage.

— J'ai ça, dit-il simplement. Tu veux que je téléphone tout de suite ?

— Qu'est-ce qu'il fait, ton copain ?

— Il tient un magasin d'appareils électriques.

— Bon ! Sers-nous un verre et téléphone.

Charlie restait anxieux. Heureusement que sa femme arrivait de la cuisine en s'essuyant les mains à son tablier, et que des exclamations joyeuses éclataient.

— Allô ! le 117 à Calais, s'il vous plaît... Allô !... Manuel ?... Tu es très occupé aujourd'hui ?... Ta voiture marche ?... Bon !... Tu devrais faire un saut jusqu'ici... Tout de suite, oui... Il y aura deux voyages... Mais oui, cela vaut la peine... Je t'ai déjà parlé de Jim, n'est-ce pas ?... Le gros Jim, oui... C'est pour lui... Je crois qu'il est prudent de mettre des chaînes à tes roues...

— Il vient ?

— Il sera ici dans une heure.

— Dans ce cas, Julia, ma toute belle, donne donc un morceau à manger à ce garçon. Quand il sera parti, tu nous serviras ici, tous les trois, avec une bonne bouteille. Cela nous rappellera des souvenirs, pas vrai ?

Deux fois Charlie alla ouvrir la porte pour regarder vers les bouts de la rue et, une des deux fois, il eut l'impression de voir Justin se cacher vivement.

— Tes phares sont restés allumés.

— Tu entends, petit ?

C'était la spécialité de Coburn de découvrir des gosses dociles qui lui obéissaient comme des esclaves et qui ne posaient pas de questions.

— Un bon drôle. Avec deux sous d'intelligence, il irait loin. Pour ce qu'il a à faire aujourd'hui, ce n'est pas utile.

— Je te demande encore une seconde.

Charlie décrocha le téléphone, composa le numéro d'Eleanor Adams. Après un bon bout de temps — il la connaissait ! — il entendit sa voix lasse.

— Je voudrais parler à Justin Ward, dit-il sans se nommer.

— De la part de qui ?

— Il est chez lui ?

— Non.

Il raccrocha, de plus en plus intrigué, car il était étonnant de penser que Ward, si frileux, si effrayé par le moindre courant d'air, était toujours à patauger dehors, sans pardessus, dans la bourrasque et dans la neige fondue.

— Qu'est-ce que tu me racontais au sujet de ton client qui a eu la colique ?

— Je commence à croire que c'est à cause de toi qu'il a filé. Peut-être qu'il te connaît et que tu le connais. C'est un brun, plutôt petit, grassouillet, avec un teint mal portant, qui jette la jambe gauche de côté en marchant et qui a une peur bleue des courants d'air.

— Cela ne me dit rien.

Il n'était pas facile d'intéresser Coburn à des affaires autres que les siennes. Il allait et venait dans la salle comme chez lui, passait derrière le comptoir pour tourner les boutons de la radio.

— Ça marche, ton petit commerce ?

— Ça marche. Mais ce type-là m'intrigue.

La plupart des magasins, en ville, avaient allumé leurs lampes, comme à la fin de l'après-midi, et de temps en temps des paquets de neige se détachaient des toits et s'écrasaient sur les trottoirs. Quand les portes s'ouvraient, on recevait des bouffées de radio, avec, à tous les haut-parleurs, des cantiques de Noël.

— Cela fait déjà un certain temps que je l'observe et je ne serais pas fâché de savoir ce qu'il fricote.

Que Justin ait eu peur, c'était évident. Et, comme il n'avait pas eu le temps matériel de reconnaître les occupants de l'auto — ou alors il avait fait plus vite que Charlie ! — c'était la licence de New York qui l'avait effrayé.

— Ne fais pas attention, mon vieux Jim. Tout à l'heure je te raconterai tout ça en détail et tu comprendras.

Il se doutait que Justin continuait à surveiller la rue et la voiture sombre. Pour cela, sans doute, allait-il s'embusquer tantôt à un bout de la ruelle, tantôt à l'autre, en passant devant le camion jaune. C'est pourquoi, dans l'espoir de le surprendre, Charlie ouvrait parfois la porte du bar, regardant la rue dans les deux sens, et parfois se précipitait dans la cuisine.

Il questionna à nouveau les hommes qui déchargeaient.

— Vous l'avez revu ?

— Il est repassé il y a deux minutes.

— Dans quelle direction ?

— Par là-bas.

Il se dirigeait donc vers la maison d'Eleanor. Charlie composa à nouveau le numéro de téléphone, changea sa voix autant qu'il le pouvait.

— M. Justin Ward, s'il vous plaît ?

— Encore vous ? Je viens de vous dire qu'il n'était pas à la maison. Je voudrais pouvoir faire mon ménage tranquillement !

Le jeune garçon mangeait, servi par Julia, à la table la plus proche de la cuisine. Puis Saounders vint s'installer au comptoir, en blouse blanche de travail.

— Tu n'as pas vu Justin ?

— Je viens de le rencontrer.

— Où ça ?

— Il tournait le coin de Main Street et se dirigeait vers City Hall.

Le nom était pompeux. En réalité, c'était un immeuble d'angle composé d'un rez-de-chaussée et d'un seul étage, avec un clocheton sur le toit, et un hangar pour les pompes à incendie. Les bureaux municipaux étaient à l'étage, et le rez-de-chaussée, qui ressemblait à une boutique, servait de corps de garde aux constables, avec un comptoir derrière lequel se tenait le secrétaire de la police.

Charlie faillit téléphoner à celui-ci pour lui demander un renseignement et, s'il l'avait fait, il aurait eu la satisfaction d'apprendre qu'il ne s'était pas trompé. Ward, en effet, lassé de jouer aux quatre coins autour du pâté de maisons, gêné par la présence du camion dans l'allée, rôdait maintenant autour du poste de police. Il était toujours en veston et avait froid. De temps en temps, il tirait une cigarette de sa poche, se rapprochait d'une encoignure pour l'allumer. Les agents ne faisaient pas attention à lui, car la devanture comportait un assez large rebord de pierre et il arrivait aux passants de s'y asseoir.

— Raconte, mon joli.

— Tout à l'heure, fit Charlie en désignant Saounders du regard.

Il surveillait l'intérieur du billard où Scroggins avait allumé les lampes et où, vers midi et demi, on vit le vieux approcher du téléphone mural. Ward l'appelait, à n'en pas douter, pour savoir si l'auto de New York était toujours là. Il dut demander des renseignements supplémentaires, car Scroggins s'approcha de la vitre comme pour lire le numéro de la voiture, puis parla à nouveau dans l'appareil.

— Si tu avais une photo de lui, ce serait tout simple.

— Figure-toi, ironisa Charlie, nerveux, que je n'ai pas eu l'idée de lui en demander une.

— Ce n'est pas difficile d'en prendre une quand il passe dans la rue. Tu as bien un ami qui possède un appareil et qui s'en chargerait, non ?

C'est du *drugstore*, en face de City Hall, que Justin avait appelé le vieux Scroggins, et il en avait profité pour commander un sandwich au fromage qu'il mangeait debout, le regard fixé sur la porte.

Il ne pouvait pas deviner que Coburn, qui était un copain de Charlie — un de Brooklyn, lui aussi — avait de temps en temps des affaires à régler à la frontière canadienne et qu'il ne manquait jamais de faire un détour pour se taper un spaghetti de Julia.

À deux heures, alors qu'il avait repris sa faction aux abords de City Hall, sous la protection des revolvers qu'on voyait à la ceinture des constables, il remarqua une vieille Studebaker conduite par un homme en veste de chasse et, à côté de celui-ci, il avait reconnu le gamin au nez cassé de la Buick. Ils suivaient en sens inverse le chemin qu'il avait parcouru lui-même quand il était arrivé dans la ville franchissant le trou sombre du quartier de la tannerie et montant Elm Street en direction des Quatre-Vents.

Il s'était à nouveau risqué dans l'allée, prudemment, prêt à faire demi-tour, et, dans la grisaille, parmi les poubelles et les détritus, il avait l'air d'un chat de gouttière.

La Buick était toujours là au bord du trottoir, en face du bar de Charlie et, en plus du bar, il y avait quatre vitrines éclairées dans la rue : celle du brocanteur, l'atelier d'imprimerie, dont la lumière était plus blanche que les autres, la *cafeteria* du coin et enfin, terne et poussiéreuse, la devanture de son propre billard.

Il avait fallu l'insistance de Jim Coburn et son autorité pour décider Julia à s'attabler avec les deux hommes, et Charlie avait posé sur la table un fiasco de chianti qui ne venait pas de Californie, mais d'Italie.

— D'abord, j'ai été tenté de le prendre pour un miteux et je n'aurais pas été surpris de lui voir faire le coup du bonneteau au coin des rues. Puis il y a eu cette lettre du F.B.I. à Kenneth.

— À propos du sheriff, il continue à te laisser tranquille ?

— C'est un ami ! Depuis tout à l'heure, j'ai la certitude que ce Ward a peur de quelque chose, peut-être de toi ?

Coburn souriait, en homme qui vient de New York et voit les choses du point de vue de la grande ville. Il se disait que Charlie était un bon garçon, qu'il n'avait pas trop mal mené sa barque, mais qu'il finissait par se laisser impressionner par l'atmosphère d'un petit patelin. Il était en train, lui, sans en avoir l'air, de faire un travail autrement sérieux, ou plutôt de le faire faire par le copain de Charlie et par le jeune boxeur, et de temps en temps il avait un coup d'œil à l'horloge.

— Il aurait tort d'avoir peur de moi, car je ne lui en veux pas du tout, à ton crabe. Je ne le connais même pas et je n'en veux à personne. Il a dû me prendre pour un autre et, s'il était ici, je lui offrirais un verre. Voilà comme je suis ! Pas vrai, Julia, ma belle ? Qu'est-ce qu'on raconte, splendide enfant ? Est-ce que, la dernière fois que je suis venu, tu n'étais pas un peu enceinte ?

Elle rougit.

— C'est vrai, mais ça n'a pas marché. Je crois que j'ai malheureusement passé l'âge.

Ward avait fini par suivre Main Street jusqu'au bout, rasant les maisons, se retournant sans cesse, regardant dans la glace des vitrines, puis, comme on se jette à l'eau, il avait foncé dans le quartier de la tannerie qu'il avait traversé en courant presque et en entendant derrière lui l'écho de ses pas sur le trottoir. Il avait dépassé les maisons plus ou moins alignées, pataugé dans un chemin creux et s'était dirigé vers une petite lumière.

Il n'avait pas pensé que les deux femmes ne le comprendraient pas. Peut-être avait-il espéré que, ne travaillant plus au billard, le Yougo serait chez lui, à se reposer ou à bricoler. Elles le regardaient toutes les deux, paisibles et sans curiosité, et la plus jeune donnait le sein à un bébé.

— Vous ne savez pas où il travaille aujourd'hui ?

Il conjuguait en vain le verbe travailler, faisait mine de peindre, de scier du bois, et tout ce qu'il obtenait, c'était un éclat de rire d'Ella.

Mike n'était pas là et, apparemment, on ne savait pas où il était, ni quand il rentrerait. Il ne fallait donc pas compter sur lui, le géant, pour le protéger, et il ne pouvait pas non plus passer sa soirée à rôder autour du poste de police.

Ce fut la première fois qu'il entra à *la Cantine*, un bar crapuleux, au plancher sale, à l'éclairage d'un rouge agressif. Tout ce qu'il voulait, c'était quelque chose de chaud et de fort à boire, et un téléphone pour appeler Scroggins une fois de plus. Pendant qu'il téléphonait, la radio lui murmurait à l'oreille un cantique de Noël.

— L'auto est toujours là, Scroggins ?

— Attendez, je regarde ! oui. On y voit moins, maintenant qu'il fait vraiment noir.

Il hésita, composa le numéro de la maison meublée, reconnut à la voix qui lui répondit qu'Eleanor était de mauvaise humeur.

— Ah ! c'est vous, enfin ! Voilà trois ou quatre fois qu'on vous appelle.

— Qui ?

— On n'a pas voulu dire de nom. Qu'est-ce que je réponds si on vous demande à nouveau ?

— Rien.

Il faillit aller errer là-haut, dans les rues paisibles et bordées d'arbres de la colline, mais il serait trop facile, à une auto roulant sans bruit dans la neige, de le traquer comme un lapin dans la lumière de ses phares. Il préféra la foule de Main Street, et, pour se réchauffer, il entrait dans les magasins où il retrouvait les mêmes cantiques douceâtres et l'odeur des sapins frais coupés.

Une idée lui vint, en passant devant le bureau du sheriff. Il y faisait sûrement chaud. Il se souvenait d'une nuit où il avait dû y retirer son veston. Il raconterait n'importe quoi à Kenneth, qui n'était pas subtil et qui avait un assez bon fauteuil.

Il entra, déjà soulagé, ne trouva que Briggs, le deputy-sheriff, qui mettait sa casquette sur la tête.

— Vous voulez voir le patron ? Il ne rentrera pas avant la nuit, et peut-être ne rentrera-t-il pas aujourd'hui. Il est hors ville. Revenez demain, à moins que je puisse faire l'affaire, mais dépêchez-vous. On m'attend.

Quand Coburn et Charlie se retrouvaient, c'était une vieille habitude de rester longtemps à table, où Coburn maniait complaisamment un cure-dent, le ventre étalé.

— Je te le répète, fais-le photographier et envoie-moi une épreuve. Je la passerai aux copains et on saura vite s'il y a du louche. À propos, tu as des nouvelles de Luigi ? Il paraît que cela marche dur, son commerce.

On entendit ouvrir et refermer le coffre arrière de la Buick. C'était Jo qui revenait déjà de Calais, de la neige sur son chapeau, et entrait au bar, suivi du copain de Charlie.

— Ça tombe à nouveau, là-haut, patron. Nous allons avoir mauvais temps pour rentrer.

— C'est fait ?

Un simple signe affirmatif, comme s'il n'était pas possible qu'il en fût autrement.

Charlie se dirigeait vers le comptoir pour remplir des verres, disait à Manuel :

— Tu as bien un moment ?

Peut-être voulait-il aussi lui parler de Justin ? Est-ce que cela tournait vraiment à la manie, comme Coburn avait l'air de le laisser entendre ?

— Pas aujourd'hui, vieux. Il faut que je rentre. J'ai dit à mon commis de m'attendre, car nous devons faire l'étalage ce soir.

Coburn l'entraîna dans un coin où on lui vit tirer un gros portefeuille de sa poche, et il serra la main de l'homme d'une façon spéciale.

— Merci. À votre service. Quand vous voudrez !

— Je ne dis pas non Charlie vous préviendra. Maintenant, Charlie, mon tout beau, ce n'est pas que je m'ennuie avec toi, mais nous avons un bout de route à faire cette nuit.

Il alla embrasser Julia dans la cuisine, prit, en passant devant le bar, une petite bouteille plate qu'il glissa dans sa poche.

— Tu permets ?

Quand Justin se risqua à nouveau dans l'allée, l'obscurité était complète et il heurta des obstacles inattendus, des boîtes à conserves, entre autres, qui déclenchaient des vacarmes. Il risqua un œil au coin de la rue où il n'y avait plus que quatre lumières en tout, car l'imprimerie avait fermé ses portes et Chester Nordell avait regagné sa maison de la colline.

Sur les épaules de Justin, le veston était humide et glacé. Parfois il était pris de telles douleurs d'entrailles qu'il était obligé de rester un moment immobile, appuyé à un mur.

En faisant le tour de sa maison, il aperçut Eleanor, en peignoir violet, debout dans sa cuisine, tourna sans bruit la clef dans la serrure, s'engagea dans l'escalier sur la pointe des pieds et pénétra enfin dans la tiède obscurité de sa chambre où il retrouvait son odeur.

La main crispée au rideau, il regarda dehors. On ne voyait personne sur les trottoirs, personne dans la rue, pas un passant, pas une bête errante, rien que les quatre lumières devant lesquelles les flocons recommençaient à tomber, en diagonale, poussés par le vent du nord-ouest.

Il crut s'étendre pour quelques minutes seulement, les mains sur le ventre, se promettant de se lever un peu plus tard pour faire chauffer quelque chose à boire, mais il sombra dans une somnolence entrecoupée de crampes qui le faisaient sursauter sans l'arracher complètement à son hébétude.

Quand il reprit une conscience nette, la lumière d'un réverbère dessinait sur les murs de la chambre les ramages du rideau. Il courut à la fenêtre, ne vit personne, sut qu'il était plus de huit heures, car il n'y avait plus que trois vitrines d'éclairées : la *cafeteria* avait fermé ses portes à son tour. Quant au brocanteur juif, dont les vitres étaient protégées par un fort treillage, il laissait son étalage éclairé toute la nuit.

Charlie, dans son bar, avait envie de parler de Justin à quelqu'un, en particulier au receveur des postes, mais par hasard celui-ci ne vint pas ce soir-là, il ne vint presque personne, à cause du temps, évidemment, et parfois Charlie fixait le pardessus gris souris au portemanteau, puis le billard d'en face ; il finit par appeler une dernière fois Eleanor.

— Il est rentré ?

— Est-ce que vous allez me laisser tranquille, vous, ou bien vais-je être obligée de laisser l'appareil décroché pour avoir la paix ? Il n'est pas ici, non ! Et il a fait dire qu'il ne savait pas quand il rentrerait. Vous êtes content ?

Ward, collé à sa porte, écoutait. Les deux filles étaient chez elles et, selon leur habitude, parce qu'elles prétendaient que la chaleur montait, elles avaient laissé leur porte ouverte. On entendait leur radio, en sourdine, et leurs voix en premier plan, mais il ne se donnait pas la peine de mettre bout à bout les membres de phrases qui lui parvenaient.

Aurora cousait, assise sur son lit, les jambes en tailleur, tandis que Mabel écrivait une lettre dont elle ne sortait pas.

— Je ne sais vraiment pas que lui dire. Qu'est-ce que tu lui raconterais, toi ?

— Ce n'est pas ma mère. Il y a si longtemps que je n'en ai plus !

— Il faut pourtant que je lui parle de Noël.

— Au fait, qu'est-ce que nous allons faire ce soir-là ?

— Norman ne t'a pas invitée ?

— Pas encore. Il sera probablement obligé de passer la soirée en famille.

— On pourrait aller à Calais.

— À condition de trouver quelqu'un qui ait une voiture.

Elle dressa la tête, l'oreille tendue.

— Tu n'as pas entendu ?

— Non.

— Comme un craquement.

Au même moment, Aurora, la première, voyait la silhouette de Justin Ward s'encadrer dans la porte. Elle faillit pousser un cri, effrayée par son visage sans couleur, sans expression, qui paraissait flotter dans le clair-obscur du corridor.

— Mabel ! appela-t-elle.

Et Mabel se retourna à son tour. Ses yeux devinrent fixes. Elle ne dit rien, resta sans bouger, et, à toutes les deux, il faisait l'effet d'un fantôme. C'était peut-être simplement parce qu'elles ne le croyaient pas dans la maison, qu'elles venaient encore d'entendre Eleanor répondre au téléphone qu'on ne savait pas quand il rentrerait.

Il n'avait pas de cravate, pas de faux col, et son gilet déboutonné laissait voir ses bretelles. Il devait être rentré depuis un certain temps, puisqu'il avait ses pantoufles aux pieds et que ses cheveux étaient dépeignés comme ceux d'un homme qui a dormi.

Il semblait avoir de la peine à parler et on aurait dit qu'il voulait, par gestes ou simplement par son attitude, commander à Mabel de le suivre. Comme elle ne bougeait pas, son porte-plume toujours entre les doigts, il finit par ouvrir la bouche. Il prononça :

— Venez un instant, voulez-vous ?

Plus tard, Aurora devait dire à son amie :

— Tu paraissais hypnotisée. Je te faisais signe de ne pas y aller, et tu te levais quand même, tu t'avançais, tu prenais en passant ton écharpe sur le lit.

Elle portait un peignoir clair. Elle suivait Justin dans le corridor, puis dans la chambre. Et lui, avant de refermer la porte, désignait un billet de cinquante dollars qu'il avait préparé sur la table.

— Seulement pour rester un peu avec moi, dit-il d'une voix enrouée. Je suis malade.

Puis, après un coup d'œil anxieux vers la fenêtre :

— Je ne me sens pas bien !

Elle lui avait laissé fermer la porte. Elle avait vu le creux laissé par son corps sur le lit.

— Pourquoi ne vous couchez-vous pas ?

— Je ne pouvais pas rester seul.

— Vous n'êtes plus seul, murmura-t-elle à regret.

— Et vous n'allez pas partir ? Même si j'ai la fièvre ? Même si je vous parais un peu bizarre ? Allez dire à votre amie que je suis malade et que vous me soignez, afin qu'elle ne nous dérange pas.

Comme elle obéissait, il la suivit dans le couloir pour entendre ce qu'elle disait, pour être sûr qu'elle reviendrait. En entrant dans la chambre, le dos tourné à la porte, Mabel avait mis un doigt sur les lèvres, mais cela n'avait pas empêché Aurora de lui lancer à voix haute :

— Tu ne vas pas y aller, j'espère ? Tu ne vois pas qu'il est dingo ?

— Il est malade.

— Parbleu !

— Il faut bien que quelqu'un le soigne.

Elle prit son manteau, à tout hasard, tandis qu'Aurora pensait aux souliers neufs dans le tiroir et s'assurait que son amie ne les emportait pas.

— Que se passe-t-il, là-haut ? cria, du rez-de-chaussée, la voix d'Eleanor Adams.

— C'est M. Ward qui n'est pas bien, madame. Je vais le soigner.

— Il est rentré ?

— Mais oui.

— Tu es sûre ? Dis-lui qu'on n'a pas cessé de le demander au téléphone. Il doit savoir qui c'est.

Justin se taisait, pouvait enfin refermer sa porte sur lui et la jeune fille rousse.

— Couchez-vous ! ordonna-t-elle en se tournant vers la fenêtre. Quand vous serez au lit, je vous préparerai une bouillotte d'eau chaude. C'est le foie ?

— Il n'y a personne dans la rue ?

— Je ne vois que le vieux Scroggins en train de fermer les volets.

Si bien qu'en dehors de la boutique fermée, mais éclairée, du brocanteur, il n'y avait plus d'autre lumière dans la rue que celle de Charlie.

— Cela vous prend souvent ? Vous avez vu le docteur ?

— J'ai toujours eu ça.

— Moi, ce n'est pas le foie, c'est l'estomac, surtout quand je prends des cocktails.

— Regardez par la fenêtre.

Elle crut que c'était par pudeur et obéit en haussant les épaules. Elle l'entendait qui se déshabillait et se mettait au lit.

— Je peux me retourner ?

— Pas trop longtemps. Je veux que vous disiez si quelqu'un passe dans la rue.

— Il ne passe personne. Scroggins est rentré.

— Regardez quand même.

— Vous ne voulez pas une bouillotte ?

— Tout à l'heure. Vous n'apercevez pas d'auto ?

— Non.

— Vous êtes sûre qu'il n'y en a pas une en face de chez Charlie ?

— Il n'y a rien du tout, que la neige. Le docteur ne vous a pas donné un calmant ?

— J'en ai pris toute la journée.

— Vous avez mangé ?

— Non.

— Vous voulez que je vous prépare quelque chose ?

— Restez à la fenêtre.

— Je peux m'asseoir, au moins ?

Elle attira une chaise vers elle, s'assit en travers, sa main soulevant toujours un coin du rideau. Elle n'avait pas pris le billet de cinquante dollars sur la table. Elle se demandait s'il s'en souviendrait, s'il insisterait pour qu'elle l'accepte.

— Vous êtes un drôle d'homme. Vous me faites un peu peur.

— Je sais.

— Alors, pourquoi êtes-vous comme ça ? Avouez que vous le faites exprès.

— Je ne le fais pas exprès. Regardez dans la rue. J'entends du bruit.

— Ce sont deux clients qui sortent de chez Charlie et qui se dirigent de l'autre côté.

— Des hommes que vous connaissez ?

— Ils sont trop peu éclairés. Vous avez peur de quelqu'un ?

— Peut-être.

— Pourquoi ?

Elle parlait d'une voix basse, comme quand on veille un malade, et regrettait qu'il ne lui permît pas de quitter la fenêtre pour aller préparer du café. Son bras qui soulevait le rideau s'engourdissait.

— Vous êtes de New York ?

— Non.

— Du Middle West ?

— J'ai l'accent ?

— Peut-être. C'est difficile à dire. Vous êtes né dans une petite ville ?

Il ne répondit pas.

— Vous craignez qu'on sache d'où vous êtes ? Vous êtes allé en prison ?

— Non.

Elle s'obstinait, sans passion, comme on pousse le fil d'un travail de couture en écoutant couler le temps.

— Vous avez peur d'aller en prison ?

— Non.

Elle était persuadée qu'il disait la vérité. De temps en temps, elle le voyait grimacer sur son lit et porter la main à son côté droit.

— Pourquoi ne voulez-vous pas que je vous prépare une boisson chaude ?

— Quand le bar de Charlie sera fermé.

— Il ne doit plus y avoir personne.

Il resta pendant plus d'une demi-heure à fixer le plafond, et chaque fois que Mabel faisait mine de lâcher le rideau il la rappelait à l'ordre.

— Charlie a éteint.

— Qui est-ce qui marche dehors ?

— Saounders. Je reconnais ses épaules. Tenez ! on l'entend ouvrir et refermer sa porte.

Car le plâtrier habitait dans la même rue, derrière son atelier encombré d'échelles.

— Je peux préparer du café, maintenant ?

— Oui.

Quand elle sortit de la kitchenette, elle le trouva, en pyjama, qui grelottait devant la fenêtre.

— Pourquoi vous êtes-vous levé ? Recouchez-vous !

Il obéit, but lentement son café et réclama les pilules qui étaient dans la poche de son gilet.

— Je peux en boire aussi ?

— Oui.

Puis ce fut le silence. On entendit Eleanor se mettre au lit, le jeune employé qui rentrait et faisait bruyamment sa toilette de nuit. Plus tard, Aurora referma sa porte et, de loin en loin seulement, des bruits de moteur parvenaient de Main Street.

Ward regardait toujours le plafond, les yeux fiévreux, les joues marquées de deux disques rouges qui devaient être brûlants, et Mabel somnolait, jetait parfois, pour lui faire plaisir, un coup d'œil sans conviction dans la rue.

Elle se demandait s'il n'allait pas s'endormir et si elle ne pourrait pas regagner sa chambre. Elle pensait toujours au billet de cinquante dollars sur la table.

— Vous les avez achetés ? murmura-t-il sans la regarder.

Elle comprit tout de suite et détourna la tête. Elle sentait qu'il attendait une réponse, qu'il restait en suspens, et elle finit par balbutier :

— Oui.

Des minutes s'écoulèrent, goutte à goutte ; une voix de plus en plus faible, craintive ou honteuse, sortit à nouveau du lit.

— Allez les chercher, voulez-vous ?

Aurora s'éveilla en entendant son amie qui tripotait dans l'obscurité de la chambre. Elle ne dit rien, ne bougea pas, sut qu'on ouvrait le tiroir aux souliers, devina même qu'on prenait dans le placard une mince ceinture de cuir. Cela lui fit un tel effet qu'elle resta tendue, raidie, sans dormir, pendant plus d'une heure, jusqu'à ce qu'elle entendît enfin un froissement de tissus dans la pièce.

— C'est toi ? questionna-t-elle, sans oser demander à Mabel de faire de la lumière.

Et Mabel répondit d'une voix lasse :

— C'est moi.

Elle ajouta :

— Il dort.

6

Charlie n'en avait parlé qu'au receveur des postes, sachant que celui-ci n'en ferait pas un sujet de plaisanterie. Il s'appelait Marshall Chalmers et était du Sud, des environs d'Atlanta, en Georgie. C'était le seul à retirer son chapeau chaque fois qu'une femme pénétrait dans le bar, et même quand Julia sortait de sa cuisine un moment pour venir donner un coup de main, et on lui sentait un petit frisson à fleur de peau chaque fois que Jenkins, le nègre qui faisait les courses pour le *drugstore*, venait s'asseoir au comptoir, tout contre lui, lui frappait l'épaule et lui lançait :

— *Hello !* vieux Marsh.

Bien que célibataire, il ne sortait pas avec les filles et fréquentait peu les « parties ». Une fois par semaine, il se rendait en voiture à Saint-Stevens, juste de l'autre côté de la frontière en face de Calais, où on prétendait qu'il avait une amie, mais il n'en parlait jamais. Il fronçait les sourcils lorsqu'on faisait certaines plaisanteries. Presque toujours, il avait sous le bras des livres de formats inusités dont les couvertures n'étaient pas bariolées.

— Cela s'appelle du masochisme, avait-il dit quand Charlie lui avait parlé des chaussures à hauts talons.

Et, retirant ses lunettes pour en essuyer les verres épais, il avait expliqué, gêné :

— Les masochistes éprouvent du plaisir à être humiliés, battus, vous comprenez ? Je me serais plutôt attendu au contraire de sa part. Je l'aurais facilement pris pour un sadique. Des gens à qui rien ne réussit et que hante la conscience de leur infériorité éprouvent souvent le besoin de prendre leur revanche sur des prostituées.

— Mabel n'est pas une prostituée.

— Vous avez raison.

On sentait que ses conceptions d'homme du Sud étaient différentes.

— En tout cas, c'est un pauvre type, et je n'aimerais pas être dans sa peau.

— Il nous hait.

— C'est possible. C'est même probable. Mais il ne nous hait pas nous en particulier, ni vous ni moi, ni ceux qu'il rencontre ici. C'est une haine plus générale, dans laquelle je ne serais pas étonné qu'il s'englobe.

— Il cherche à se venger de quelque chose, n'est-ce pas ?

— Peut-être.

Charlie, dès le lendemain, devait faire avec Chalmers une expérience humiliante. Il y avait deux jours qu'il ne voyait pas Ward, toujours enfermé dans sa chambre chez Eleanor Adams. Il avait refusé d'appeler le médecin et ne voulait voir personne, en dehors de Mabel.

Celle-ci, le matin, était venue chercher son pardessus chez Charlie, et sa mine indiquait clairement qu'elle n'avait pas envie de parler.

— Il va mieux ?

— Un peu.

— Il pourra bientôt recommencer à sortir ?

À cause de l'histoire des talons et de ce que le receveur lui avait dit, Charlie était un peu impressionné par cette fille rousse qu'il avait l'habitude de traiter en gamine. Il avait l'air de chercher sur son visage, dans ses yeux, les stigmates de quelque chose de mystérieux et d'un peu effrayant, et c'était la façon dont Aurora aussi, à présent, regardait son amie.

— Il ne t'a pas dit de quoi il avait peur ?

— Il ne m'a pas fait de confidences.

Elle avait refusé le verre qu'il lui avait offert, et il s'était mis à penser à la photographie. Il avait déjà vu Chalmers avec un appareil perfectionné, un Leica, et quand il vint, ce soir-là, il lui demanda, sans soupçonner qu'il pourrait essuyer un refus :

— Dites donc, cela vous ennuierait de prendre la photo de Justin quand il passera dans la rue ?

Le receveur n'avait pas paru comprendre tout de suite.

— Sans le lui demander, voulez-vous dire ?

— Sans lui en demander la permission, bien sûr. Je ne pense pas que c'est un homme à se laisser volontiers photographier.

Charlie avait senti qu'il était mal engagé et avait pataugé de plus belle, expliquant :

— Par des amis, vous comprenez, en leur envoyant la photo, j'arriverai peut-être à découvrir qui il est. Nous ne savons pas s'il n'est pas dangereux. Vous avez admis hier qu'il nous détestait. Avec un bon appareil, en se tenant derrière la porte, c'est facile.

— Je ne peux pas faire ça, avait répondu simplement Chalmers.

Cette histoire de photo, toute simple au début, avait pris pour Charlie des proportions imprévues. Un homme comme Saounders, le plâtrier, aurait peut-être accepté, mais il s'y serait pris si maladroitement que Justin s'en serait aperçu. Et encore ! Charlie n'était plus aussi sûr qu'aucun de ses clients accepterait. Il devinait vaguement l'existence d'une ligne de démarcation difficile à définir.

Alors, comme il ne voulait quand même pas y renoncer, il était allé trouver le Juif Goldman, dans sa boutique de brocanteur.

— Ça marche, ces appareils-là ? avait-il questionné en montrant la vitrine de gauche.

— Ils sont tous révisés et garantis.

— Tu pourrais m'en prêter un pendant deux ou trois jours ? Je me déciderai sans doute plus tard à en acheter un pour les gosses.

Il avait déjà fixé le moment qu'il choisirait. Après sa première visite au billard, le matin, Justin avait l'habitude de rester quelques instants sur le seuil, à allumer une cigarette, puis à boutonner son pardessus, et il se trouvait du côté ensoleillé de la rue. Il suffisait de le guetter derrière la vitre et il était facile de préparer la mise au point d'avance.

Charlie n'en eut pas moins une bouffée chaude à la tête quand il fit son coup le jeudi matin, et il se précipita aussitôt après dans sa chambre pour cacher l'appareil comme s'il avait couru un réel danger.

Il se demandait si Justin reviendrait au bar et comment il serait, et il n'eut pas longtemps à attendre. Après avoir été acheter ses journaux dans Main Street, Ward entra comme d'habitude et prit place sur son tabouret, un peu pâle, avec, réellement, la mine d'un convalescent qui vient d'être sérieusement sonné. Ses paupières, en particulier, restaient bouffies, ce qui donnait une nouvelle expression à ses yeux.

— Ça va mieux ?

— Merci.

— J'ai eu de vos nouvelles par Mabel.

Ward ne tressaillit pas, comme s'il était sûr de la discrétion de la fille.

— J'ai regretté, lundi, de ne pouvoir vous présenter à mes amis.

— J'ai été pris de coliques.

— Je sais. Vous êtes parti par la ruelle.

Justin le regarda dans les yeux, et ce fut Charlie qui se montra embarrassé. C'était la première fois qu'il voyait sur le visage de Ward une telle expression de mépris, et peut-être n'avait-il jamais vu cette expression-là sur aucun visage.

— C'est tout.

Que voulait-il dire ? Était-ce lui ordonner d'éviter certains sujets ?

— J'ai pensé que vous n'aviez pas envie de les rencontrer, pour des raisons personnelles, que vous les connaissiez peut-être.

— Ensuite ?

— Non. Cela ne me regarde pas.

— Non, cela ne vous regarde pas.

Et Justin détachait les syllabes, lentement, le regard fixe.

— Un petit gin, avec une goutte d'angustura ?

— Comme d'habitude. Qu'est-ce que vos amis vous ont dit ?

— Ils n'ont parlé que de leurs affaires.

— Qu'est-ce que vous avez demandé à Mabel ?

— De vos nouvelles et quand vous recommenceriez à sortir.

Ce n'était pas la guerre, mais pendant un moment, le silence avait été inquiétant.

— Je crois que vous vous êtes frotté à des gens trop forts pour vous, Charlie.

Ward le couvait toujours de ses prunelles sombres et la cornée, autour, était jaunâtre. Un tout petit bout de cigarette fumait, collé à sa lèvre souillée de nicotine.

— Il m'est arrivé de travailler avec des gens très forts en effet, si forts que j'en connais qui n'aimeraient pas avoir affaire à eux.

C'était idiot, il le savait. Il le savait si bien que sa lèvre se mettait à trembler et qu'il se disait pour se donner du courage : « Il a peur ! Il a peur ! »

Il se rappelait, exprès, la ruelle où il avait vu Justin se faufiler le long des poubelles comme une bête poursuivie.

Mais, dans sa tête, malgré lui, au lieu des mots « il a peur » qu'il s'efforçait de penser, c'étaient les mots « il me hait » qui se formaient.

Il lui semblait qu'il n'avait jamais vu autant de haine au monde que dans ces deux yeux qui continuaient à le fixer. Il avait assisté à des bagarres, parfois à de ces combats où un des deux hommes n'est pas sûr de se relever. Il avait vu celui qui était par terre, et que l'autre attendait de voir à nouveau debout pour lui donner le coup de grâce, fixer son adversaire avec de la bave à la bouche et du sang dans les yeux.

Les prunelles immobiles de Ward lui paraissaient plus terribles, et il se disait qu'il avait tort de s'obstiner, qu'il ferait mieux de faire la paix. Après tout, est-ce que cela le regardait ? Il tenait un bar, et l'homme était un de ses clients.

Au lieu de cela, il prononça, de telle sorte qu'il était clair qu'il n'en parlait pas par hasard :

— Le Yougo est revenu.

Il faisait juste le contraire de ce qu'il venait de décider. Il choisissait un sujet brûlant, sachant que Justin n'était pas plus bête que lui et qu'il verrait tout de suite où il voulait en venir. Et, au fait, c'est justement ce qu'il y avait de gênant avec Ward, ce que les autres ressentaient sans se donner la peine, comme Charlie, de l'analyser : Justin les voyait venir et savait ce qu'ils pensaient, quelquefois avant eux.

— Mike n'est plus le même, insista-t-il.

— Tout le monde change, n'est-ce pas.

— C'était un bon garçon, que chacun aimait, avec qui chacun plaisantait.

— Parbleu !

— Il n'aurait pas fait de mal à une mouche.

— Exactement.

— Maintenant, il se montre hargneux.

— Peut-être qu'il a fini par comprendre.

— Vous voulez dire que vous l'avez aidé à comprendre ?

— C'est possible.

— Vous lui avez parlé ?

— Un mot par-ci par-là, quand il travaillait avec moi.

— Vous lui avez dit quoi, par exemple ?

— Ce que les autres disent et pensent de lui.

— Je ne connais personne qui ne le prenne pour un bon garçon.

— Écoutez, Charlie...

On aurait dit que Ward acceptait soudain d'abattre une partie de ses cartes et qu'il en éprouvait une volupté intime. D'un instant à l'autre naissait dans sa voix une vibration qui n'y était pas d'habitude.

— Écoutez, Charlie... Croyez-vous qu'on laisserait quelqu'un de la ville, un authentique Américain, s'installer dans un terrain vague appartenant à la municipalité ? Ne me répondez pas tout de suite. Lorsqu'on bâtit une maison, quel est le premier soin des autorités ? D'envoyer des inspecteurs pour s'assurer que les conditions élémentaires de solidité et d'hygiène sont remplies. J'ai même lu récemment que les travaux de plomberie ne peuvent être faits que par une entreprise régulièrement accréditée.

Charlie s'attendait si peu à ce genre de discours qu'il ne cachait pas son ahurissement.

— C'est cela que vous lui avez dit ?

— Attendez. Il est interdit d'élever certains animaux dans les locaux d'habitation. Vous a-t-on dit que les chèvres de Mike vivent pêle-mêle avec les deux femmes et les enfants ? Ses deux femmes, vous entendez bien. Que se passerait-il si un citoyen de la ville introduisait une jeune fille sous son toit et lui faisait un enfant ? Ajoutez à cela qu'Ella est mineure, qu'on ne sait même pas son âge exact.

— Cela prouve…

— Cela prouve que le Yougo n'est pas considéré comme un citoyen pareil aux autres, comme l'égal d'un citoyen, mais comme un être à part, un être de deuxième ou troisième classe, moitié homme, moitié animal, ce qui est bien commode, car il sait à peu près tout faire et il travaille à bon marché, il est pittoresque et amusant par surcroît, il fait rire, même quand il s'enivre le samedi soir, et on peut le taquiner à loisir. Enfin, peut-être que de le voir vivre dans la crasse et le désordre cela donne aux autres une haute idée de l'excellence de leur genre de vie. Je crois que Mike a commencé à s'en rendre compte.

— Grâce à vous !

Il ne chercha pas à nier, eut un léger retroussis des lèvres et, satisfait, se plongea dans son journal étalé sur le comptoir.

« Il nous hait. L'autre jour, je t'ai écrit qu'il avait peur et c'était vrai, c'est probablement encore vrai, mais aujourd'hui je sais que ce n'est pas tellement cela qui compte. Ce qui compte, c'est sa haine, que j'ai devinée le premier jour, sans en soupçonner la force.

» Peut-être est-ce moi qu'il finira par haïr personnellement, je ne sais pas pourquoi, parce qu'il sent que je m'occupe de lui, ou bien parce que je suis l'homme le plus important et le plus populaire du quartier. Même quand il lit son journal dans son coin, je sens qu'il épie mes faits et gestes comme s'il me tenait au bout d'un fil invisible.

» Cela ne peut pas durer éternellement comme ça et il ne paraît pas disposé à quitter la ville, tout au contraire. Il a repris sa place au billard et chez moi comme si rien ne s'était passé samedi, comme s'il n'avait simplement eu que des coliques hépatiques. Cet après-midi, il m'a apporté une feuille toute préparée à faire signer par mes clients, une pétition *en faveur* de sa licence de bière.

» Que penses-tu que j'aie fait ? Je l'ai prise et mis ma signature en tête.

» Le receveur des postes prétend que c'est un masochiste et qu'il ne voudrait pas être dans sa peau. Moi non plus. J'aimerais encore mieux qu'il n'y soit pas lui-même.

» J'ai hâte de savoir si la photo que je t'ai envoyée a donné des résultats.

» Et je voudrais t'expliquer comment il s'y est pris avec le Yougo, dont je t'ai touché deux mots. Malheureusement, c'est trop compliqué pour moi. Cela me dépasse.

» On ne l'aime pas. On n'a aucune confiance en lui. Il est là, dans mon bar, aussi étranger qu'un poisson dans un bocal. Et cependant on ne prononce pas un mot en sa présence sans se demander ce qu'il en pense.

» C'est au point que les conversations ne sont plus les mêmes qu'autrefois et que souvent il y a des silences gênants qui n'en finissent pas.

» Il y a plus bête encore, tiens ! Saounders, le plâtrier qui habite la rue et qui est un bon vivant, avait l'habitude, avant le dîner, de faire une partie de dés avec l'un ou l'autre, souvent avec moi quand il n'avait pas de partenaire. Or il suffit que Ward soit là et regarde les dés pour que Saounders se trouble, joue de travers et finisse, découragé, par envoyer le cornet voler à travers le bar.

» Quand j'étais petit, ma mère me racontait des histoires où il était question de gens qui ont le mauvais œil. C'étaient des histoires italiennes, et tu dois les connaître aussi. Je n'y crois pas plus que toi, mais si quelqu'un a le mauvais œil, c'est cet homme-là.

» Mabel, la rousse qui habite la même maison que lui, ne se ressemble plus depuis qu'il lui a fait je ne sais quoi. On dirait qu'elle a perdu son âme. Et quelquefois son amie Aurora, qui était toujours gaie, est comme prise de panique.

» Si tu vois le gros Jim (il m'a dit qu'il irait un de ces jours à Chicago et nous avons longuement parlé de toi), il te dira peut-être que je commence à vieillir, à devenir « petite ville ». J'ai compris qu'il le pensait à la façon dont il me répondit, mais je reste persuadé qu'il y a quelque chose.

» Quoi ? Je n'en sais rien. Même les gamins qui fréquentent le billard commencent à prendre des airs mystérieux. Si j'étais Chester Nordell — je crois t'en avoir parlé aussi : c'est l'éditeur du journal local — si j'étais lui, je ne serais pas rassuré. Il a un garçon de seize ans qui n'est pas facile à élever et qui a déjà failli se faire mettre à la porte de la *High School*[1]. Or voilà deux fois que je le vois au billard d'en face, où ce n'est pas la place d'un garçon de bonne famille. Hier, il s'y trouvait en plein jour, à l'heure des classes, à deux pas de l'atelier de son père. Il est entré par la porte de derrière, comme au temps des *speakeasies.*

» Je n'ose pas en parler à Nordell. Il y en a déjà qui se moquent de moi et me lancent en rentrant :

» — Alors, *ton* Justin ?

» Peut-être ne sont-ils pas si rassurés que ça. À propos, il faut que je te demande un service. C'est la radio, à l'instant, qui m'y fait penser. Je ne trouve pas ici de train électrique convenable pour mon aîné. Je veux mettre dans les cinquante dollars et pense qu'à Chicago on doit trouver ça facilement. Tu n'as qu'à le faire expédier contre remboursement, de sorte que cela ne te donnera pas trop de mal. C'est Julia qui insiste pour que je t'en parle. Elle est allée à Calais la semaine dernière et n'a rien trouvé de bien, sinon pour les filles.

» Tu dois être très occupé par l'approche de Noël. Ici, Santa Claus fait son entrée dans la ville demain. L'an dernier, il a débarqué d'un hélicoptère en face des magasins Kress, dans Main Street. Cette année, il

1. *High School* : école secondaire ou primaire supérieure.

descendra la colline sur un traîneau attelé de chiens, car un fermier des environs possède un attelage complet et a accepté de le prêter à la Chambre de commerce. Ce sera très joli. Tu te souviens de nos noëls de Brooklyn, au temps où nous vendions des journaux dans la rue ?... »

Les deux lettres durent se croiser, car Charlie trouva celle de Luigi sur le bar quand, le lendemain, vers six heures, il revint de Main Street où il avait conduit les enfants voir le cortège pendant que Julia gardait l'établissement. Il avait mis son meilleur complet et son pardessus à col de castor.

Cela avait été très bien. Toute la population, même des gens venus d'assez loin, avait envahi les trottoirs qui faisaient penser à une tartine de caviar et, un peu avant cinq heures, la musique avait commencé à jouer en face de City Hall. Puis le maire — c'était O'Dowl, le quincaillier — avait solennellement poussé le bouton électrique installé sur une estrade et toutes les lumières s'étaient allumées à la fois, faisant de Main Street et de son prolongement, bien au-delà de la tannerie et la gare, jusque tout en haut d'Elm Street, un scintillement de lampes multicolores, un fouillis éclatant de drapeaux, de guirlandes et de branches de sapin.

Un vaste « Ah ! » s'était exhalé de la foule, dominé par la voix aiguë des enfants. Un canon miniature avait tonné et, là-haut, près de chez les demoiselles Sprague, le vieux Pepper, l'ancien constable, qui faisait Santa Claus chaque année depuis au moins dix ans, avait assujetti sa barbe, serré sa houppelande rouge à brandebourgs et sauté sur le traîneau, tandis que le fermier qui avait prêté l'attelage et qui craignait pour ses chiens conduisait ceux-ci lui-même, déguisé en trappeur, le fusil à pierre à l'épaule, un bonnet à quatre pointes, en chat sauvage, sur la tête.

On les voyait dévaler de loin, et la clameur de la foule gagnait en amplitude, devenait vraiment impressionnante. Charlie avait une de ses filles sur la tête. Les cuivres jouaient tout près d'eux, les enfants trépignaient dans la neige à nouveau craquante.

Il avait compté qu'il n'y aurait personne au bar et que Julia pourrait s'occuper du dîner, mais, dès le seuil, il avait aperçu Justin à sa place et son front s'était rembruni en voyant qu'il parlait à sa femme.

Elle eut la maladresse de lui annoncer :

— Une lettre pour toi !

Ward devait l'avoir vue, et peut-être lu, à l'envers, le nom et l'adresse de Luigi à Chicago.

Elle emmenait les enfants, craignant qu'ils eussent pris froid dans le courant d'air toujours glacé de Main Street. Charlie, lui, était en nage sous sa pelisse et avait hâte de se changer, mais Justin s'attarda encore un bon moment, à ne rien faire, comme s'il savait sa présence plus désagréable que jamais.

— On amuse les imbéciles ! dit-il alors qu'on entendait au loin la rumeur de la fête.

— On amuse les enfants !

— En leur faisant croire à Santa Claus !

— J'aurais bien voulu y croire toute ma vie.

Charlie, qui tournait le dos, crut entendre un ricanement, mais n'en fut pas sûr. Il sut, en tout cas, que Ward avait prononcé en glissant de son tabouret :

— Moi pas !

Il lut la lettre tout de suite, après s'être débarrassé de sa pelisse et de son chapeau, et, peut-être parce qu'il portait son beau costume, s'assit tout naturellement du côté des clients.

« Vieux Charlie,

» Il fallait le dire tout de suite que c'était de Frank Leigh que tu parlais dans tes drôles de lettres. Dès le premier coup d'œil à la photo, je l'ai reconnu, bien que l'épreuve ne soit pas fameuse et que le garçon ait engraissé. Pour être plus sûr, cependant, je suis allé la montrer à Charlebois, le Français, qui travaille toujours chez *Stevens* et qui y était déjà de notre temps. Il a reconnu Frank, lui aussi, et a fait passer la photo à d'autres anciens.

» Je ne suis pas étonné que Leigh ait changé de nom, et cela doit remonter à l'époque où il a quitté Chicago.

» À vrai dire, je crois que c'est surtout un pauvre type, bien que les avis soient partagés. Je me demande si tu étais encore ici quand l'histoire est arrivée. En tout cas, comme tu ne travaillais pas au *Stevens*, il est possible qu'on n'ait pas pensé à te la raconter.

» Leigh, qu'on appelait plus souvent Frankie, travaillait de nuit, à la réception. C'était lui qui avait demandé à faire toujours partie de l'équipe de nuit, parce qu'il préparait des examens de droit et que cela lui donnait plus de loisirs.

» Il était moins gras que sur la photo ; déjà à cette époque, cependant, il n'avait pas l'air d'un jeune homme. D'après le capitaine des *bell-boys*[1], qui est toujours le même et à qui j'en ai parlé hier, il devait venir d'une petite ville du Middle West et était très pauvre.

1. Chasseurs d'hôtel et de restaurant.

Par économie, il couchait dans un Y.M.C.A.[1] et ne sortait jamais avec des camarades ou avec des filles.

» Moi je travaillais à la salle et l'ai peu connu, mais je tiens les renseignements de première main. L'histoire c'est qu'un jour une des filles d'ascenseur, qui faisait la nuit comme lui, une petite blonde dont je me souviens mieux que de lui, tu verras pourquoi tout à l'heure, est allée trouver la direction en prétendant qu'il lui avait fait un enfant et qu'il refusait de l'épouser.

» La direction l'a fait venir, et il a été forcé d'admettre qu'il était sorti au moins une fois avec la fille et qu'il l'avait conduite dans une chambre d'hôtel, car le gardien de nuit du meublé le reconnaissait formellement.

» Il n'en a pas moins juré que ce n'était pas lui qui avait fait l'enfant à la petite, ce qui ne l'a pas empêché d'être mis à la porte du *Stevens*.

» À quelque temps de là, nous avons appris que le père de la fille, un Irlandais qui était agent de police, était allé le trouver avec deux de ses camarades et l'avait emmené presque de force devant le pasteur.

» Pendant plusieurs semaines, Frankie a vécu avec toute la famille dont les garçons se relayaient pour le surveiller, car on se méfiait de lui. On le faisait travailler chez un emballeur où un des fils était employé et on le ramenait à la maison comme un écolier.

» L'enfant n'était pas né de huit jours et le baptême n'avait pas encore eu lieu quand il a trouvé malgré tout le moyen de disparaître. Où il est allé alors, on

1. *Y.M.C.A. : Young Men Christian Association.* Groupement de jeunes gens chrétiens, qui organisent dans leur ville un foyer où sont accueillis, nourris et parfois logés, pour une somme modique, les étudiants, les employés, les ouvriers, pourvus de faibles ressources. (N. de l'É.)

n'en sait rien. Ou, plutôt, tu vas voir qu'il serait possible de le découvrir.

» Quelques semaines plus tard, en effet, sa femme a demandé le divorce pour abandon et a obtenu une pension alimentaire pour elle et l'enfant, une cinquantaine de dollars par mois, si je me souviens bien.

» Or, alors qu'on ne savait toujours pas où le toucher, elle a commencé à recevoir des mandats qui venaient de différents endroits, et cela a duré régulièrement, avec seulement parfois des retards, jusqu'au jour où elle s'est remariée.

» Pendant ce temps-là, elle avait trouvé une place de caissière dans une brasserie, et c'est là que je l'ai connue, je t'avoue, assez intimement. Elle s'était arrondie et était vraiment appétissante. Si appétissante qu'un gros marchand de bois de la ville l'a trouvée à son goût et l'a épousée. Elle habite une magnifique maison en bordure du lac et il lui arrive encore de venir souper avec moi, en manteau de vison, des perles au cou, des diamants aux doigts et aux poignets.

» J'ai fait une expérience, hier, qui sera peut-être amusante. Autour du bar qui précède le restaurant et où les clients sont obligés d'attendre qu'une table soit libre (j'aime mieux te dire que je leur donne le temps d'avaler deux ou trois martinis), j'affiche un certain nombre de photographies de gens célèbres qui ont mangé chez moi et presque toutes les photos sont dédicacées. Il y a des vedettes d'Hollywood, des boxeurs, Maurice Chevalier, un cousin du roi d'Angleterre et tout un lot d'hommes politiques, y compris le gouverneur de l'État et le vice-président des U.S.A., qui est un copain.

» Mon petit photographe a agrandi ton épreuve et je l'ai mise sous verre comme les autres, mais sans aucun nom. Je me demande, quand Alice viendra, si elle reconnaîtra Frank et quelle sera sa réaction. C'est un peu vache, mais pas trop, tu ne trouves pas ?

» Ce qui m'a frappé, c'est que tu me dises qu'il lit toujours le *Chicago Tribune*, car c'est probablement par ce journal qu'il a appris jadis son divorce et sa condamnation à la pension alimentaire.

» Peut-être qu'il continue à s'intéresser à des gens de par ici ?

» C'est par les mandats qu'il a envoyés qu'on pourrait savoir où il est allé, mais je ne pense pas que cela vaille la peine de se donner tant de mal.

» Toutes mes tables sont retenues de Noël au Jour de l'An. Je vis dans les dindes au point d'en être écœuré et je viens de recevoir directement de France un champagne comme j'en ai rarement bu. C'est presque dommage qu'il soit si bon, car je n'ai pas un client sur dix capable de l'apprécier, surtout à l'époque des fêtes ! Je compte sur une bonne moitié de la verrerie et des glaces à remplacer, sans compter les réparations au piano ! Et toi ? Est-ce plus calme dans ton patelin ?

» Si tu parles d'Alice à Frankie, inutile de lui dire qu'on a passé d'agréables moments, elle et moi, dans ma voiture. Je crois que si je ne m'étais juré de ne point toucher aux clientes, elle ne serait pas fâchée de remettre ça, mais cela me gênerait un peu, à cause de son grand fils qui appartient à l'équipe de football de l'Université. Cela m'a fait un drôle d'effet, l'autre jour, de lui refuser à boire parce qu'il n'a pas tout à fait l'âge légal.

» Tu te souviens, Charlie ? De notre temps, on n'y regardait pas de si près.

» Le bonjour à Julia. Ne lui lis pas ma lettre ou alors saute des passages. Elle me prend pour un homme sérieux et je ne tiens pas à ce qu'elle pense du mal de moi.

» *Merry Christmas*, mes enfants, si je n'ai pas l'occasion de t'écrire d'ici là. Ne sois pas trop méchant avec Frankie. »

Charlie faillit se mettre à écrire tout de suite, gêné qu'il était de la lettre qu'il avait envoyée la veille et que Luigi allait recevoir le lendemain. Mais que pouvait-il dire ? Il avait pris une feuille de papier dans le tiroir, un crayon violet et, après un moment, il s'était tourné vers les rayons pour se servir un petit verre.

« *Ne sois pas trop méchant avec Frankie !* »

Il ne parvenait pas à chasser ces mots-là, surtout ce nom de Frankie qui, à lui seul, avec sa douceur innocente, était comme une condamnation de tout ce qu'il avait pensé.

Peut-être, si Ward était entré à ce moment-là, lui aurait-il fait des excuses ?

— Je me suis trompé. Pardonnez-moi. Il est probable que vous avez eu raison et que c'était une garce.

Comment Justin aurait-il réagi ? Mais non ! Ce n'était pas possible. Et Chalmers, le receveur des postes, avait tort, lui aussi.

« *Un pauvre type !* »

Chalmers ne voudrait pas être dans la peau de Ward, soit. Il lui répugnait, en gentleman — car Charlie avait fort bien compris la leçon — de le photographier à son insu.

Tout individu est présumé innocent et traité comme tel jusqu'à preuve du contraire. D'accord ! Seulement, quand on aurait enfin la preuve du contraire, il serait probablement trop tard. Attend-on qu'un serpent morde pour le déclarer nuisible ?

Au fait, les yeux de Justin — ou de Frank, ou de Frankie, il ne savait plus, maintenant —, ses yeux, quand il avait parlé du Yougo, étaient de la même froideur implacable que des yeux de serpent. Cela ne l'avait pas frappé au moment même. Il avait seulement ressenti un malaise qu'il s'expliquait après coup.

— Tu ne viens pas dîner, Charlie ?

Il roula en boule le papier sur lequel il n'avait rien écrit, et, pendant que les enfants commençaient leur soupe, il alla vite changer de costume, car il n'était pas à son aise dans ses bons vêtements.

— Qu'est-ce que Luigi raconte ?

— Il te fait ses amitiés. Il a beaucoup de travail avec les fêtes.

— Il ne te dit rien de ce que tu sais ?

Il faillit s'y tromper, mais un regard de sa femme vers le gamin lui fit comprendre qu'il s'agissait d'un train électrique.

— Il n'a pas encore reçu ma lettre. Il l'aura seulement demain matin. De quoi Ward te parlait-il ?

— Des enfants. Il n'a pas beaucoup parlé. Il laissait juste tomber quelques mots de temps en temps, en écoutant les bruits de la fête. Tu n'aurais pas dû porter la petite si longtemps. Elle est trop lourde et tu as dû t'essouffler.

C'était vrai que, depuis quelque temps, il s'essoufflait facilement et qu'il avait de la peine à monter les caisses de bière de la cave. Il avait même pensé à prendre un commis.

— Qu'a-t-il dit des enfants ?

Elle le regarda pour lui faire comprendre qu'elle n'aimait pas parler de ça devant les siens.

— Tout ce que je sais, c'est qu'il ne les aime pas, pas plus, je crois, qu'il aime les femmes en général.

— Qui est-ce, *mummy*, qui n'aime pas les enfants ?
— Un monsieur.
— Quel monsieur ? Celui qui était là quand on est rentré ?
— Mais non. Un monsieur qui est parti.
— Il reviendra, dis, *mummy* ?
— Mais non.
— Il est mort ?
— Il est parti très loin.
— Aussi loin que New York ?
— Il est parti pour New York, oui.
Elle fut étonnée de voir la pâleur de son mari et s'inquiéta.
— Qu'est-ce que tu as, Charlie ?
— Rien. Cela va passer.
Il fit semblant d'avoir avalé de travers et but un verre d'eau. C'était ridicule. Sa fille, avec ses questions, venait de lui faire peur, et un instant le visage de l'homme, enfin, l'avait poursuivi jusque dans sa cuisine avec son regard immobile.
— J'espère que tu n'as pas pris froid en attendant le cortège ?
Heureusement qu'il y avait quatre ou cinq clients au bar, dont Jenkins, le nègre, quand Ward avait poussé la porte, tranquillement et avait accroché son pardessus gris souris au portemanteau. Malgré cela, Charlie avait ouvert la bouche, comme si le besoin le démangeait de dire quelque chose de définitif, quelque chose qu'il savait qu'il ne devait dire à aucun prix. Il avait prononcé simplement, alors que d'habitude il servait les clients sans rien leur demander :
— Bière ?
Ward avait compris, Charlie en était sûr. S'était-il souvenu du nom de Luigi qu'il avait lu dans la lettre ?

Avait-il deviné toute la trame que Charlie tissait autour de lui, presque à contrecœur, par une sorte d'instinct de *self-defense* ?

— Bière ! avait-il répété en se hissant sur son tabouret avec un soupir.

Un mot bête. Personne n'avait sourcillé. Ou plutôt si, Jenkins s'était retourné, surpris, avait examiné Ward sans cesser de sourire, mais avec du sérieux sous son sourire à fleur de peau.

Charlie avait peut-être eu tort de prendre la photographie. Chalmers avait raison. Cela ressemblait à un vol. C'était un vol et de quelque chose de plus intime que de l'argent ou des objets personnels, avec la circonstance aggravante qu'il ne pouvait restituer ce qu'il avait pris.

Allait-il être capable de ne pas laisser voir à Ward qu'il savait ? Même ce nom de Justin, il ne parvenait plus à le prononcer d'une voix naturelle, tant il était hanté par celui de Frankie qu'il avait peur de laisser échapper.

— Vous avez photographié les enfants ? avait questionné Goldman, quand il était allé lui reporter son appareil.

Il avait regardé ailleurs en répondant oui.

— Si les épreuves ne sont pas trop faibles, je pourrais vous en agrandir une ou deux. Pour rien, bien entendu. Je ne suis pas photographe. Je fais ça en amateur. Il faudra que vous me les laissiez voir.

Ainsi Ward l'avait déjà forcé à mentir, à tricher, et maintenant il le fixait de telle façon que Charlie, chez lui, dans son bar, ne savait plus où poser le regard.

« *Ne sois pas trop méchant avec Frankie !* » avait recommandé Luigi.

7

Le temps était brouillé, comme presque chaque année un peu avant les fêtes. Certains jours, les rues étaient jaunes de neige fondante, l'eau dégoulinait dans les gouttières, de la pluie tombait, plus froide vers le soir, et le lendemain les trottoirs étaient polis par le verglas. Puis il neigeait à nouveau, mais le ciel restait comme malade, d'un gris peu rassurant ; il fallait garder les lampes allumées la plus grande partie de la journée et, à cause de l'approche de Noël, il y avait du matin au soir des silhouettes noires qui s'agitaient dans les courants d'air de la ville.

En se levant, et encore en prenant possession de son bar, Charlie se croyait d'aplomb, puis, une heure plus tard, il se sentait enrhumé, mal dans sa peau. Il prenait de l'aspirine, des grogs dont l'odeur sucrée finissait par l'écœurer. Il avait passé une journée entière sur une échelle, à décorer le plafond et les murs de guirlandes, de petits sapins, de neige artificielle et de clochettes. L'échelle n'était pas d'aplomb. Il n'avait jamais pu avoir une échelle d'aplomb dans la maison, et Julia avait dû la lui tenir. Il s'était pincé un doigt. Le lendemain, il était persuadé qu'il s'était donné un tour de reins.

Pour un peu, il aurait grommelé : « C'est la faute à Justin ! »

Il en était insensiblement arrivé au point où un homme ne supporte plus rien d'un autre homme. En face, aussi, au billard, ils avaient garni le plafond en vue de Noël, mais ce n'était pas Justin qui était monté à l'échelle, ni le vieux Scroggins, qui devenait plus décati de jour en jour. Vu de loin, dans la mauvaise lumière du billard, il semblait ne plus avoir la force de tenir sa tête droite. On la lui voyait tomber tout à coup en avant, ou sur le côté, et il restait ainsi un bon moment avant de la redresser dans un effort.

Il n'en avait plus pour longtemps, cela se devinait. Quelqu'un, Charlie avait oublié qui, avait dit cyniquement qu'il commençait à sentir la mort. C'était peut-être le menuisier qui faisait les cercueils.

Le billard avait pourtant plus de clients que jamais, surtout des adolescents, des garçons de la *High School.* Charlie en arrivait à les épier comme si c'était son affaire, comme s'il était de la police, gêné quand quelqu'un, même Julia, le surprenait en faction. Il se hâtait alors de prononcer une phrase quelconque, d'une voix qui ne semblait pas naturelle à ses propres oreilles, et cela l'humiliait.

Il avait remarqué que les clients du billard, depuis que Ward en était le propriétaire, ne payaient pas la plupart du temps, mais que Scroggins inscrivait quelque chose dans un calepin noir qu'il glissait dans le comptoir.

Comme par hasard, le lendemain de cette découverte, quand Justin était arrivé à dix heures, Charlie était plongé dans ses comptes. Lui aussi faisait crédit aux clients réguliers et, quant aux paris, qu'on lui donnait souvent par téléphone, il se contentait de les noter dans un cahier d'écolier qu'il mettait à jour chaque semaine.

Ward, assis devant son verre de gin, le regardait faire en silence, et Charlie avait tellement conscience qu'il savait toujours ce qu'il pensait qu'il ne fut pas étonné quand l'autre prononça :

— Vous voyez que vous le faites aussi !

— Avec cette différence que, moi, je ne m'en prends pas à des enfants !

La langue lui démangeait de lui parler du fils Nordell, qui était devenu un pilier du billard. Un soir qu'il l'avait vu sortir de l'établissement d'en face, en compagnie d'un camarade, Charlie avait entendu le gamin prononcer en prenant un air dégagé :

— N'aie pas peur. Ma signature est bonne ! Je te demande seulement d'attendre après Noël.

Il avait décidé d'en parler à Chester Nordell à la première occasion, mais, comme par hasard, celui-ci n'avait pas remis les pieds au bar. Charlie n'osait pas aller le trouver à l'imprimerie, car Justin risquait de le voir entrer et comprendrait tout de suite.

Il s'en voulait de ne penser qu'à ça. Quand un client entrait, il se disait qu'il allait entendre parler d'autre chose, et neuf fois sur dix c'était de Ward qu'on finissait par l'entretenir.

— Vous avez vu ce qu'il a collé à ses murs ?

Il avait vu, de loin, à travers les vitres. C'étaient des photographies de gangsters, qui avaient paru dans les magazines à l'époque de la prohibition, tous les grands, Al Capone, Gus Moran, et surtout l'ennemi public N° 1, Dillinger, plusieurs fois représenté, notamment au moment de son arrestation, flanqué de deux policiers qui lui tenaient familièrement l'épaule et qui plaisantaient avec lui, fiers de se montrer en compagnie d'un personnage aussi célèbre. Il y avait aussi des photos extraites de films policiers et qui représentaient invariablement des mauvais garçons, des durs, et cela donnait au billard une atmosphère à la fois vulgaire et équivoque.

— Je ne les fais pas encore jouer aux courses, moi, Charlie. Je reste dans la stricte légalité !

Il prenait plaisir à l'exciter et faisait exprès, de temps en temps, de découvrir une partie de son jeu, en homme qui n'a rien à craindre.

— Vous voulez dire que vous les laissez parier, mais que vous ne vous en occupez pas ?

— Ils jouent au billard, et s'ils conviennent entre eux d'un enjeu, cela les regarde. Je ne peux pas non plus empêcher ceux qui assistent à la partie de se parler à voix basse.

— Vous espérez vraiment qu'ils vous rembourseront un jour l'argent qu'ils vous doivent ?

Il n'avait pas répondu. Il n'y comptait pas, évidemment. Il savait bien ce qu'il faisait, et il y avait des moments où Charlie avait envie de lui flanquer tout simplement sa main sur la figure.

Les jeux ne regardaient pas la police de la ville, mais le sheriff, Charlie était bien placé pour le savoir, et, depuis la note qu'il avait reçue du F.B.I., il était inutile de parler à Kenneth Brookes des affaires de Justin.

On aurait dit, d'ailleurs, que Brookes évitait le bar, ces temps-ci. Il n'y était passé qu'une fois, en coup de vent, avait paru ennuyé en voyant Ward dans son coin.

Chalmers, le receveur, était en congé, qu'il prenait toujours en hiver, et était allé faire du ski au Canada. Julia avait des courses presque tous les jours et s'était rendue deux fois à Calais avec la voiture. D'autres fois, c'était Charlie qui courait les magasins pendant qu'elle le remplaçait au bar.

Il aurait préféré voir son rhume se déclarer, quitte à rester deux ou trois jours dans son lit, mais, comme il se connaissait, il allait traîner ainsi jusqu'après les fêtes, et cela contribuait à sa mauvaise humeur. Il n'avait pas encore répondu à Luigi, remettait toujours cette lettre au lendemain, ne sachant plus que lui dire.

« *Ne sois pas trop méchant avec Frankie !* »

Justement parce qu'il était lui-même un peu en marge et parce qu'il en avait trop vu et de toutes les couleurs, cela le mettait en rage de voir les gosses aller se faire prendre dans la trappe de Ward. Pour eux, à Brooklyn, ils étaient des durs, qui n'avaient à peu près rien à perdre, mais à un certain moment un petit bourgeois bien habillé, qu'on avait d'abord appelé « la fille », s'était mêlé à leur bande. C'était le fils d'un homme dans le genre de Chester Nordell, un professeur de piano, dont Charlie revoyait la maison grise d'où sortait toujours de la musique.

Le gamin, qui s'appelait Lawrence, s'était pendu dans sa chambre, on n'avait jamais su au juste pourquoi, peut-être par crainte d'avouer à son père qu'il lui avait volé de l'argent et qu'il avait revendu des objets chipés dans la maison — et même chez une de ses tantes, ce qui l'effrayait davantage —, peut-être, simplement, parce qu'il avait respiré un air trop fort pour lui.

Le coup des photographies sur le mur était génial. Si on avait eu le temps d'observer les gosses jour par jour, on aurait pu les voir prendre peu à peu, autour des billards, les poses et les expressions de physionomie des gangsters affichés, et ils devaient imiter leur langage ; ils avaient déjà une façon particulière de se saluer, de laisser pendre un bout de cigarette à leur lèvre, de tenir leur main droite dans leur poche comme si elle serrait la crosse d'un automatique.

Ward devait les impressionner. Ils ne savaient pas, eux, que c'était par mauvaise santé qu'il avait le teint cireux ; ils ne l'avaient pas vu, jaune de peur et frissonnant dans son veston bleu, se faufiler parmi les poubelles de l'allée.

— Vous ne m'aimez pas beaucoup, Charlie, et pourtant il faut bien que vous me supportiez, n'est-ce pas ? Que vous me serviez à boire trois fois par jour. Je ne vous ai rien fait, cependant. Je ne vous ai encore rien fait.

On aurait dit qu'il désirait pousser Charlie hors de ses gonds. Il continuait à aller et venir à heure fixe, de son pas qu'on finissait par reconnaître de loin, allant de chez Eleanor au billard et de là chez le marchand de journaux de Main Street, puis au bar de Charlie, à la *cafeteria.* Il se rendait tous les après-midi au marché du Chinois et montait chez lui préparer son repas solitaire, dans la lumière jaune et la mauvaise odeur de sa chambre.

Où passerait-il Noël, sinon chez Charlie ? Il pousserait la porte, et on serait bien forcé de l'accueillir, parce qu'on ne met pas quelqu'un dehors ce jour-là, et ainsi il leur gâterait leur fête à tous.

Sawyer, qui était mécanicien dans un garage et qui, sans être un client régulier, venait de temps en temps avaler un verre de bière, demanda un soir à Charlie :

— C'est vrai que mon gamin fréquente la boîte d'en face ?

— Comment est-il ?

— Un grand rouquin, assez maigre, toujours mal fichu, avec une veste jaune couverte de taches.

— Je crois l'avoir aperçu.

— J'avais peur qu'il m'ait menti. J'ai vu un billet de vingt dollars, au moment où il vidait ses poches en se déshabillant, et il m'a dit qu'il l'avait gagné au billard. Il paraît qu'il est le plus fort joueur de la bande et qu'il leur rafle ce qu'il veut.

Il en était tout fier, l'imbécile ! Il ne savait pas qu'à deux pas de lui, au bout du bar, Justin Ward, comme un crapaud, le regardait avec des yeux sans expression.

— Ce n'est peut-être pas ce qu'il fait de mieux, suggéra Charlie.

— Compris ! Tu préférerais le voir jouer aux courses, hein, gros vicieux ? Remets-moi ça. Il est temps que je file au boulot.

Peut-être le fils de celui-là se défendrait ? Charlie n'en parlerait pas moins à Nordell. Au besoin, il irait le trouver chez lui. Pourquoi pas ?

Maintenant, quand quelqu'un l'entretenait de Justin, il avait toujours envie de dire : « Il vous hait ! »

Rien d'autre ! De la haine ressassée, de la haine concentrée et rancie, de la haine pour les riches fermiers aux maisons blanches qui possédaient des avions, de grosses voitures, et qui allaient passer l'hiver en Floride ou en Californie ; une haine déjà plus proche et comme plus intime pour les bourgeois d'Elm Street et de la colline, pour tous ceux qu'on voyait le soir, paisibles, en famille, avec des enfants autour d'eux, dans les maisons feutrées d'intimité, pour tous ceux qui, le dimanche matin, souriants et bien vêtus, s'attardaient par groupes sur le parvis des temples, pour ceux qu'on saluait dans les rues, pour ceux à qui on souriait, pour ceux qui gagnaient de l'argent dans leur commerce et pour les employés qui y travaillaient et qui étaient contents de leur sort.

Il haïssait du haut en bas, mais à mesure qu'on approchait du bas, sa haine devenait plus personnelle et plus virulente. Il haïssait ceux qui ont des femmes et des enfants, et il haïssait les femmes et les enfants. Il haïssait ceux qui passent dans la rue en se tenant par la main et ceux qui s'embrassent dans les coins d'ombre et dans les autos. Il haïssait le Yougo et son inconscience, il le haïssait d'être heureux dans son invraisemblable royaume, avec ses deux femmes, ses enfants et ses chèvres, il haïssait Charlie à son bar, Julia dans sa cuisine, leur vue à tous lui faisait mal, la vue d'un homme buvant paisiblement son verre au comptoir, et la vue d'Eleanor avalant du gin à la bouteille dans son placard.

Il devait haïr l'architecture de la ville, la colline et le trou noir de la tannerie, les étalages éclairés de Main Street et jusqu'à la boutique isolée du brocanteur, avec ses fusils et ses appareils photographiques figés dans une lumière froide, haïr encore le halo qui, le soir, entourait les lumières et donnait du mystère à la rue où les pas n'avaient plus le même son.

Qu'est-ce qu'il faisait, qu'est-ce qu'il pensait, tout seul dans l'aquarium de sa chambre, quand il s'y enfermait et qu'il entendait au même étage la voix des deux filles ?

Il avait déjà sali Mabel, il l'avait détraquée comme un jouet dont on a trop tendu le ressort. Allait-il essayer maintenant avec Aurora ?

La petite serveuse frisée de la *cafeteria* en avait si peur qu'en le servant elle avait déjà cassé deux verres et une assiette.

Il les haïssait et les effrayait.

Il avait ressenti la peur, la ressentait peut-être encore, et il s'ingéniait à l'infliger aux autres, sachant le mal que ça fait, même à Charlie, qui s'était toujours cru malin et qui finissait par flancher.

Charlie irait voir Nordell, chez lui, là-haut, parce que Nordell était un homme qui comprendrait, aussi intelligent et aussi instruit que Chalmers, en moins froid, en plus accessible.

Pourquoi n'irait-il pas tout de suite ? C'était samedi, mais, à cause de l'approche des fêtes, il n'y avait personne. Tout le monde économise, en ces moments-là. Puis, le Jour de l'An passé, avec les impôts de janvier en perspective, ce serait la saison creuse, même un homme comme Saounders y regarderait à deux fois avant de renouveler sa consommation ou d'offrir une tournée.

Le Yougo n'était pas là. C'était le premier samedi soir qu'il manquait, et cela indiquait que sa colère de la semaine précédente était sérieuse et qu'il s'en était souvenu.

Ward avait dû choisir exprès un samedi pour le faire venir travailler aux guirlandes et peut-être lui avait-il glissé une bouteille plate dans la poche, car, quand Mike était sorti, il avait déjà la démarche un peu lourde. Il s'était arrêté en face du bar, non en homme qui hésite à entrer, mais pour montrer qu'il était là, qu'il n'entrait pas, qu'il allait ailleurs, et il avait craché dans la neige d'un air méprisant.

— Si tu veux garder le bar un moment, Julia ?

Charlie endossa son pardessus, sortit la voiture du garage en planches qui ouvrait sur l'allée, et cela lui fit du bien d'être dehors, de sentir l'air frais, de voir les gens aller et venir dans les lumières de Main Street. Hors de chez lui, hors de la présence de Justin, l'envoûtement disparaissait presque et, quand il commença à monter la colline, il n'était déjà plus trop sûr de ce qu'il allait dire.

Peut-être, comme les magasins restaient ouverts plus tard, Nordell était-il en train de faire des emplettes ? Charlie, en arrêtant le moteur, le souhaitait presque. Il y avait de la lumière à toutes les fenêtres du rez-de-chaussée et on apercevait une femme qui bougeait dans la cuisine. Quand il sonna, il entendit des voix d'enfants, et ce fut une fillette de huit ans qui lui ouvrit la porte comme si elle en avait l'habitude.

— Vous désirez parler à mon père ? Vous pouvez entrer, mais il faut que vous laissiez vos caoutchoucs sur le paillasson, car on a fait le grand ménage.

Deux petites tresses dures et noires pendaient sur son tablier à carreaux roses et, comme des cris de bébé leur parvenaient, elle expliqua, avant de pousser la porte du living-room :

— C'est mon petit frère. C'est l'heure de son biberon.

Un Nordell sans cravate, en pantoufles de feutre, se leva de son fauteuil, et son veston d'intérieur très usé le rendait plus mou d'apparence. Trois ou quatre enfants jouaient dans la pièce en désordre où Nordell avait laissé glisser par terre le magazine qu'il était en train de lire, et la radio continuait à fonctionner.

— Charlie ! s'étonna-t-il.

— Je m'excuse de vous déranger, Chester. J'ai hésité à venir, puis je me suis dit…

Dans la basse ville, dans son imprimerie où on avait l'habitude de le voir, Nordell donnait l'impression d'un autre homme, et Charlie était déçu de le trouver plus vieux, plus inconsistant, avec, au milieu de ses enfants, un aspect timide, effaré.

Peut-être était-ce parce qu'il était surpris par cette visite, parce que les gosses parlaient tous à la fois, que le bébé criait toujours dans une pièce voisine et que la radio continuait sa musique. Il eut l'idée de tourner le bouton, et ce fut un soulagement, les bruits eurent l'air de s'espacer, avec des possibilités de silence.

— Je passais par ici et j'ai pensé...

Alors, Nordell, ennuyé, de murmurer sans le laisser finir :

— Vous voulez me parler de la pétition ?

Charlie n'y avait pas songé et se sentit rougir, comprenant soudain comment on allait interpréter sa démarche.

— Je sais que certains sont surpris, continuait Nordell, embarrassé, lui aussi. On se demande pourquoi, cette fois, je ne proteste pas, comme je l'ai toujours fait jusqu'ici.

— J'ai été le premier à signer la pétition *pour*, s'empressa de déclarer Charlie.

— Ah !

Nordell ne comprenait plus et ramassait machinalement un bambin de deux ans qu'il posait en équilibre sur son genou.

— J'ai fort hésité, pour ma part, sur l'attitude à prendre. Dans tous les autres cas, mon journal a fait campagne *contre*, car je considère qu'il y a plus que suffisamment de débits de boissons en ville. Mais vous vous souvenez peut-être que je suis allé vous poser certaines questions au sujet de ce Ward ?

— Vous m'avez dit que vous le connaissiez.

— Que je croyais le connaître. Il est possible que je me trompe. Il est possible aussi que ce soit un homme à qui, jadis, j'ai eu le malheur de faire du tort.

— Il ne s'appelait pas Ward, jadis, mais Leigh, Frank Leigh, et il habitait Chicago.

— Ah ! fit à nouveau Chester en regardant Charlie d'un œil bizarre.

Et, dès lors, Charlie fut de plus en plus mal à l'aise. Il sentait ce que sa démarche avait d'incongru, et que n'importe qui se dirait de bonne foi qu'il s'acharnait assez peu élégamment contre un concurrent possible.

Comme toujours dans ces cas-là, il pataugea.

— Remarquez que cela ne me regarde pas et que c'est peut-être un fort honnête homme.

— Jusqu'à preuve du contraire, je ne pense pas que nous ayons le droit d'en juger autrement.

Comme Marshall Chalmers. C'était à nouveau Charlie qui ne se comportait pas en gentleman, tout comme pour la photographie.

— Je ne vois aucun inconvénient, pour ma part, à ce qu'il obtienne la licence pour la vente de la bière. Je vous ai dit que j'ai été le premier à signer une pétition favorable. Et ce qu'il a pu faire ou ne pas faire avant d'arriver ici ne me regarde pas.

Pourquoi Nordell gardait-il une attitude gênée, déçue ?

— J'aime mieux vous entendre parler ainsi, Charlie.

— Je voudrais cependant vous mettre en garde…

Il ne trouvait pas les mots. Il avait trop chaud. Il s'était assis trop près de la cheminée où des bûches flambaient et faisaient ressortir son rhume.

— Je vous écoute, Charlie. Vous voudriez me mettre en garde ?

— Cela est peut-être sans importance. J'ai été étonné, simplement, ces derniers temps, de voir votre fils fréquenter presque quotidiennement le billard.

Il y eut comme un petit déclic qui coupe le courant. Le visage de Nordell se ferma, sa voix se fit différente, impersonnelle, une voix polie qu'on adopte pour un visiteur indésirable.

— Je vous remercie.

— Vous le saviez ?

— Les garçons de seize ans, dans notre pays, jouissent d'une liberté assez large.

Humilié, Charlie s'était levé. Il n'osa pas, lui qui prenait les paris pour les courses, parler des enjeux, ni du calepin noir dans le tiroir, qui avait à ses yeux une signification sinistre.

— Ne pensez plus à ce que je vous ai dit. Je m'excuse de vous avoir dérangé.

— Pas du tout. Pas du tout.

— Ches, fit une voix dans la cuisine. Peux-tu venir tenir le bébé un instant, que je lui donne ses gouttes ?

— Dans une minute !

La gamine n'avait pas cessé d'examiner Charlie avec intérêt et elle comprit que le moment était venu d'aller lui ouvrir la porte.

— Je vous remercie de votre visite, Charlie. À un de ces jours. Nous reparlerons peut-être de tout ceci.

N'était-ce pas une façon polie d'annoncer qu'on n'en reparlerait jamais ?

Charlie retrouva l'air vif, les pelouses couvertes de neige, les fenêtres éclairées sur les intérieurs où on allait se mettre à table, puis, tout de suite, le quartier de la tannerie. Il passa devant *la Cantine* juste au moment où une silhouette qui ressemblait à celle du Yougo pénétrait dans la lumière violette.

Mike s'était toujours saoulé le samedi, mais, avant, il le faisait dans un seul bar, parmi des gens qui le connaissaient, qui avaient pour lui de la sympathie.

Aux yeux de Charlie, c'était comme une déchéance d'aller aujourd'hui de bar en bar, poussant les portes d'une main toujours plus hésitante ; mais s'il avait le malheur de dire cela à quelqu'un on penserait encore que c'était sa propre cause qu'il plaidait.

Il passa devant l'*Hôtel Mose*, dont le bar avait été récemment remis à neuf. C'est là que des filles comme Mabel et Aurora aimaient se faire inviter. On servait de minuscules sandwiches ou des saucisses avec les cocktails et, le soir, il y avait un piano, l'éclairage changeait de couleur selon la musique.

Tout cela était très bien, jadis, et les choses étaient à leur place, la colline sur la colline, les ouvriers de la tannerie à *la Cantine*, les bons bougres comme Saounders chez Charlie et le vieux Scroggins dans son billard presque désaffecté. Il y avait des braves gens et des gens un peu moins braves, et on n'en connaissait guère de tout à fait mauvais.

Puis un étranger était descendu d'une voiture au carrefour des Quatre-Vents et s'était dirigé vers la ville, le long de la rue en pente, avec sa ridicule petite valise à la main, et le trouble avait commencé.

Était-ce Charlie qui se faisait des idées ? Même Julia, parfois, quand il lui parlait de Ward, prenait un air condescendant, comme si lui, Charlie, se mettait à radoter. Elle n'aimait pas Justin, parce qu'il n'aimait pas les enfants, mais elle ne se souciait guère de lui. Quant aux autres au bar, ils en parlaient pour parler, parce que c'était encore un nouveau et que cela constituait une sorte de jeu.

— Il y a longtemps qu'il est parti ? questionna Charlie en rentrant et en voyant la place vide.

— Tout de suite après toi.

Ce n'était pas son heure. Il aurait dû être encore là maintenant. Comme il n'avait pas de voiture, cependant, et qu'il n'avait pas eu le temps de faire venir un des rares taxis de la ville, il n'avait pu suivre Charlie sur la colline.

C'était presque plus inquiétant de ne pas savoir où il était que d'avoir son visage impassible en face de soi !

— Va préparer le dîner.

Un chauffeur de poids lourds, qui passait assez régulièrement, boucha toute la devanture avec son camion pendant qu'il se faisait servir un casse-croûte, et cela retarda le repas. Puis il y eut un trou, pendant que Julia mettait les enfants au lit, et Charlie s'ennuya tout seul à son comptoir. Il fut heureux de voir arriver Jef Saounders, qui avait déjà bu ailleurs et qui s'écria en regardant autour de lui, puis en fixant le tabouret de Ward :

— Tiens ! il fait vide, ce soir !

D'autres arrivaient, presque tous des gens qui avaient une petite affaire à eux dans le quartier, des artisans plutôt que des commerçants, qui venaient en voisins, dans leur tenue de travail.

Aurora passa aussi, en compagnie d'un voyageur de commerce que l'on connaissait de vue et qui allait l'emmener danser à Calais. Elle aimait venir prendre un verre ainsi quand elle était accompagnée, comme pour se montrer dans un cadre familier.

— Mabel n'est pas avec toi ?

— Elle veut passer sa soirée à se faire une robe pour les fêtes.

Il l'imagina cette fille rousse, toute seule, dans sa chambre, chez Eleanor, avec Ward allant et venant sans bruit dans la sienne comme un gros animal inquiétant.

— Tu n'as pas vu Justin ?

— Je ne m'occupe pas de lui. D'ailleurs, nous venons de dîner en ville.

Ward arriva alors qu'elle était encore là et ne la salua pas. Il se contenta de la regarder, comme il avait l'habitude de regarder les gens, avec l'air de voir à l'intérieur. Charlie lui servit sa bière, dut répondre au téléphone, régler la radio sur un poste qui donnait de la musique et encaisser la monnaie du voyageur de commerce dont on entendit l'auto s'éloigner.

Cela faisait vide, en effet, comme Saounders l'avait remarqué, même maintenant qu'ils étaient cinq au comptoir, peut-être parce que Chalmers était en vacances, peut-être surtout à cause de l'absence du Yougo.

Pas un client qui n'eût demandé en entrant :

— Mike est malade ?

On plaisantait, car on ne l'imaginait pas malade. S'il devait lui arriver quelque chose, ce serait de se briser les reins en tombant d'une échelle, d'un toit ou de la haute branche d'un arbre, ou alors d'éclater avec une de ces cartouches de dynamite qu'il maniait avec une innocence inquiétante quand il voulait faire sauter une souche.

Charlie n'avait pas encore acheté le cadeau pour Julia et il lui faudrait aller à Calais, car il ne voulait pas déranger Luigi une fois de plus pour faire venir quelque chose de Chicago, et Jim Coburn, à New York, était un homme qui chargeait volontiers les autres de ses commissions, mais qui ne faisait pas les leurs.

Est-ce que Ward savait où Charlie était allé tout à l'heure ? Allait-il profiter, ce soir, en rentrant, de ce que Mabel était seule ?

De cela encore, Charlie ne pouvait plus parler, car on lui répondrait qu'il avait couché avec Mabel, lui aussi, et c'était vrai, cela s'était passé dans la cuisine, un soir que Julia était sortie et que les enfants étaient au lit. Seulement, il sentait que ce n'était pas la même chose.

— Tiens ! voilà Kenneth !

Le sheriff entrait, tout frais de l'air du dehors, tout rose, et lui aussi avait déjà plusieurs verres dans le nez, cela se reconnaissait à son haleine ; il distribuait quelques tapes sur les épaules, touchait le bord de son chapeau, avec peut-être une petite pointe d'ironie, en apercevant Justin.

— Dis donc, Charlie, mon vieux... Sers-moi d'abord un bourbon. Je viens de voir ton client, le Yougo, au poste de police de City Hall, et je te fiche mon billet qu'ils l'ont mis dans un drôle d'état.

Deux regards se rencontrèrent, celui de Charlie et celui, immobile, pensant, de Justin Ward. Ainsi, c'était cela ! Il y avait plus d'une heure que Charlie ne se sentait pas dans son assiette, qu'il avait comme un pressentiment. Maintenant, il avait presque peur de demander des détails à Kenneth, mais les autres s'en chargeaient pour lui.

— Qui a-t-il assommé ?

— Je ne sais pas au juste ce qu'il a fait, car je ne suis pas entré. Quand je suis passé, il y avait au moins une trentaine de curieux, le nez collé aux vitres de City Hall. J'ai seulement entendu ce que les gens racontaient, car ce qui arrive en ville n'est pas de mon ressort. J'ai pu l'apercevoir, lui, un œil presque hors de la tête, la lèvre ouverte, du sang dégoulinant de partout. Il paraît qu'ils ont dû se mettre à cinq ou six pour lui passer les menottes et qu'il a fallu taper dessus à tour de bras pour le maîtriser. Julius est en train de l'interroger avant de le fourrer en tôle.

— Où cela est-il arrivé ?

Il ne pouvait être question d'une bagarre. Le Yougo, ici même, le samedi précédent, s'était montré agressif et, s'il n'avait été entouré de gens qui le connaissaient, cela aurait pu tourner mal.

— À ce que j'ai compris, il était très excité d'avoir de l'argent en poche et il était déjà mûr quand il est arrivé à *la Cantine.*

Charlie se souvint de la silhouette aperçue dans la lumière du néon et ressentit comme un remords.

— Là-bas, des types se sont amusés à le faire boire et parler. Trois ou quatre d'entre eux, le voyant plein aux as, se sont accrochés à lui. J'ignore qui lui a fourré dans la tête l'idée d'entrer dans l'*Hôtel Mose*, surtout quand on connaît le vieux Mose et qu'on a vu comment il vient d'arranger son établissement. Il paraît que les trois qui étaient avec lui marquaient plutôt mal et on a essayé de les empêcher d'entrer. Ce qui s'est passé ensuite est facile à imaginer. Le Yougo s'est fâché. Les autres ont dû filer à temps, car on ne les a pas arrêtés.

» Quand la police est arrivée, le grabuge battait son plein, il y avait des femmes tapies sous les guéridons, le Yougo envoyait les bouteilles et les tabourets autour de lui, tandis que le barman perdait tout le sang qu'il voulait par une blessure au front.

Que serait-il arrivé, qu'arriverait-il, ici, si Charlie, comme il en avait une furieuse envie, saisissait une bouteille par le goulot, une bouteille bien lourde, bien pleine, et l'écrasait sur la gueule de Justin qui jubilait silencieusement dans son coin et qui avait l'air de jouir ?

Charlie s'en voulait de ne pas le faire. Cela l'aurait soulagé une bonne fois.

— Ça va lui coûter cher, remarqua le menuisier qui faisait des cercueils pour les Pompes funèbres.

— Soixante jours pour ce qui s'est passé au bar, répliqua le sheriff sans hésitation. C'est le tarif. Mais, s'il a eu le malheur de frapper les types de la police, comme ça en a bien l'air, il est possible qu'on lui colle six mois ou plus. Et, après, cela ne fera que commencer.

Il en parlait avec le détachement d'un homme dont c'est le métier d'envoyer les gens en prison.

— Est-ce qu'il a sa naturalisation, Charlie ?

— Je n'en suis pas sûr, je crois que oui.

— Ce serait déjà ça. Sinon, il peut s'attendre à être expulsé du territoire des U.S.A. De toute façon, on va fourrer le nez dans ses affaires. Jusqu'ici, on n'a rien dit, parce qu'il se tenait tranquille, mais je prévois que les ligues de femmes vont s'en occuper sérieusement. On commencera par l'histoire de la petite à qui il a fait un enfant et qui n'est pas majeure.

— Il paraît que ses parents étaient d'accord, prononça Charlie qui, tout en parlant, se rendit compte de l'énormité de ce qu'il disait.

On le regarda, en effet, avec une certaine surprise — comme Chalmers l'avait regardé quand il avait parlé de la photographie, comme Nordell, tout à l'heure, avait accueilli ses révélations —, et il décida de se taire.

— La commission d'hygiène, à son tour, ira fureter dans sa maison, et la ville lui demandera de quel droit il s'est approprié une parcelle du terrain communal. Je dois en oublier. Je ne sais pas si les coups qu'il a reçus l'ont dessoûlé, sinon je serais curieux de voir sa tête quand il se réveillera demain matin au violon.

» Ce n'était pas un méchant type. Le malheur, avec ces gens-là, c'est qu'on ne sait jamais à quoi s'attendre.

Charlie préféra tourner la tête vers les bouteilles. Le sheriff avait commencé. Les autres continueraient. Tout le monde finirait par s'y mettre.

— Une bière, Charlie, s'il vous plaît !

Justin en avait eu un, jusqu'au bout ! Charlie en avait vu d'autres, dans des situations semblables, mettre des années à se dépêtrer. À tout le moins Mike devrait quitter la ville, avec une note de police qui le suivrait partout.

— Attention, Charlie !

C'était Ward, la crapule, qui lui disait ça, d'une voix doucereuse au moment où Charlie, le sang soudain à la tête, allait peut-être faire une bêtise à son tour.

— Qu'est-ce que tu as ? questionna Kenneth.

— Rien. J'ai failli me couper en ouvrant la bouteille.

Il allait neiger toute la nuit et demain les deux femmes s'étonneraient de ne pas voir leur grand mâle affalé sur la paillasse. Les enfants demi-nus, les bêtes à l'haleine chaude se mettraient à tourner en rond, et il n'y aurait personne, dans deux jours, dans trois jours, pour leur donner la pâtée.

Des dames viendraient sans doute, dans leur voiture, suffoquées et apitoyées, qui enverraient la douce fille dans une maison de redressement, les bêtes, Dieu sait où, les enfants dans quelque institution charitable bien lugubre.

Ward en avait eu un, le plus faible, le plus vulnérable, peut-être celui qu'il enviait le plus à cause de la chaleur de sa tanière et de son grand rire innocent.

Presque sans transition, les buveurs du samedi, dans le bar, étaient redevenus des citoyens.

— Cela devait arriver un jour ou l'autre.

— C'est étonnant que cela ne soit pas arrivé plus tôt, car, en somme…

— Oui ! C'était assez fort de café !

— Sa femme ne s'est jamais plainte ?

— Au contraire. Elles étaient toutes les deux comme des nonnes dans un couvent.

— Dis donc, Saounders !

Saounders, à tort ou à raison, avait la réputation d'un trousseur de jupons.

— Je pense que, dans pas bien longtemps, on va te voir rôder plus souvent qu'à ton tour autour de ce couvent-là.

La radio, en sourdine, jouait un chant de Noël, un joyeux chœur d'enfants, et là-bas, à un coin de Main Street, sous la neige qui se posait délicatement sur les épaules, les derniers curieux se détachaient des vitres de City Hall.

Une porte s'était fermée sur le Yougo, qui avait maintenant des barreaux autour de lui, comme un grand fauve dont il avait la mine.

Chez Charlie, un homme vêtu de bleu prenait une boîte ronde dans la poche de son gilet, saisissait une pilule entre ses doigts et la posait sur une langue jaunie par la nicotine.

Quand il se coucha et repoussa Julia vers le mur d'un coup de derrière, Charlie grogna :

— Il l'a eu ! Mike est en tôle !

Mais elle dormait profondément et ne l'entendit pas.

8

Le dimanche matin, Charlie avait téléphoné à Bob Cancannon, qui s'était déjà mis au lit pour tout l'hiver, comme il le faisait chaque année, et il avait fini par lui arracher la promesse qu'il serait au County House le lundi matin.

Dès les beaux jours, et jusqu'à la fin de l'automne, Bob venait en moyenne trois fois par jour chez Charlie, et il lui arrivait de ne pas quitter le bar de la journée. Sa grande joie était de passer pour quelqu'un de la maison et il répondait volontiers au téléphone, donnant gravement la cote des chevaux et prenant les paris.

C'était l'héritier de la plus vieille famille du comté, et le parc municipal, qui avait été le jardin de leur maison, s'appelait le parc Cancannon. Il habitait, seul avec une respectable gouvernante qui l'avait connu gamin, une maison qui comportait au moins douze chambres, bourrées d'objets anciens, qu'il ne se donnait pas la peine d'entretenir.

On le voyait rarement tout à fait à jeun. Il commençait à boire dès le matin, dans sa chambre, dans son lit, à se gargariser, comme il disait. Il ne buvait que du cognac et il y avait une certaine marque de cognac que, grâce à lui, on pouvait trouver dans tous les bars de la région. Dans certains on disait : la bouteille de Cancannon.

Il était avocat, mais ne plaidait pour ainsi dire pas ; à une certaine époque, il s'était laissé pousser dans la politique et avait été élu maire, mais, vite écœuré, il avait donné sa démission.

Grand et gros, il portait sur presque tout le visage une barbe rousse taillée court et, comme elle était fort drue, cela lui donnait l'air d'un sanglier. Il grognait, toussait, crachait, racontait des énormités d'une voix claironnante, n'aimait rien autant que scandaliser la partie puritaine de la population dont sa famille faisait partie.

— ... Toutes les deux ? Et la petite a un enfant aussi ? C'est un gaillard, dis donc, ton Yougo ? Les vieilles madames vont en baver comme les limaces !

C'est ainsi que Charlie, qui le connaissait bien, l'avait eu. Cela ne dépendait plus maintenant que d'un peu plus ou un peu moins de cognac, du temps qu'il ferait le lundi matin et du livre que Bob aurait eu à sa portée le dimanche soir.

Car c'était pour lire en paix qu'il se cantonnait ainsi dans son lit. Tous les libraires de Boston, dont il était le meilleur client, lui envoyaient leur catalogue, et il faisait venir des livres directement d'Europe, il en traînait partout dans la maison, sur les meubles et sur les planchers, sans que la vieille gouvernante eût le droit d'y toucher.

— Je suis victime de l'intelligence humaine ! lui arrivait-il de dire comiquement.

À sept heures, le lundi matin, Mike fut transféré de City Hall à la prison aménagée derrière County House et, après avoir été douché, il avait dû endosser un complet en toile brune décolorée portant un numéro et les initiales du comté.

C'est dans cette tenue qu'à neuf heures et demie, menottes aux poignets, entre deux gardes, on le conduisit à la Justice de Paix, où une dizaine de personnes arrêtées pour excès de vitesse, ou pour avoir conduit en état d'ébriété, attendaient.

Il y avait quelques bancs vernis, comme dans une classe ; la pièce, avec ses murs blancs, et son drapeau étoilé, faisait penser à une école. Mike avait un œil complètement fermé, la bouche déformée. Il détourna la tête quand il aperçut Charlie en compagnie d'un grand bonhomme barbu qui avait toujours l'air de rouler des pensées féroces dans sa tête, et il fut encore plus gêné quand l'Italien le rejoignit à son banc.

— Écoute, Mike, car c'est important. Quand on te demandera si tu as un avocat, tu répondras que tu as choisi Bob Cancannon. D'ailleurs, il sera là et parlera pour toi. C'est lui qui est avec moi.

Le Yougo avait eu un geste de protestation et sans doute aurait-il donné gros pour ne pas être vu en si piteuse posture, surtout par Charlie.

— Ne t'inquiète pas pour les frais. Cancannon est riche et ne te fera pas payer. C'est un ami. Maintenant, retiens ce que je te dis. Tout ce que fera cet homme, ce sera pour ton bien. Tu entends ! Tu ne connais pas la loi et il la connaît. Tu n'as pas envie qu'Ella aille dans une maison de correction jusqu'à vingt et un ans, n'est-ce pas ? Ni que ton bébé soit mis dans un orphelinat ?

Mike ne comprenait pas très bien, ne faisait même pas d'effort pour comprendre, inquiet qu'il était des allées et venues autour de lui, et surtout d'une petite porte entrouverte sur laquelle il était marqué « privé ».

— Peu importe. Ne t'inquiète pas. Laisse faire Bob et tout ira bien.

Charlie craignait un peu la venue de Justin, et le Yougo paraissait s'y attendre aussi, mais on ne le vit pas, le juge prit place à son banc, l'air distrait, et cela alla très vite. Il lut rapidement quelques phrases que personne ne comprit, regarda Mike, puis, comme Cancannon s'avançait, en pelisse, son chapeau à la main, se tourna vers lui.

— Je prends la cause et demande la remise en janvier.

Et, à mi-voix, au juge qui était un de ses petits-cousins :

— Cela t'épate, vieux Dick ?

Le juge feuilletait un agenda.

— 19 janvier ?

— Ça colle.

— Je suppose que vous ne réclamez pas la liberté sous caution ?

Cancannon fit signe que non, et ce fut tout. Mike, à qui on retira les menottes, traça une croix à un endroit qu'on lui désignait et retourna dans sa prison, qui était au bout du couloir, séparée par une grille du reste de County House.

L'avocat avait à la porte une vieille limousine qu'il gardait depuis quinze ans et pour laquelle on devait faire venir les pièces de rechange de Detroit. Les coussins étaient encore en vrai cuir, les phares en cuivre, et de minuscules initiales étaient peintes sur les portières.

— Je crois qu'elles seront moins effrayées si vous y allez seul, lui dit Charlie sur le perron. Toute la question sera de vous faire comprendre.

Rentré au bar, il trouva Justin à sa place et se contenta de le saluer vaguement, puis, parce qu'il avait l'impression, comme Cancannon, de lui jouer un bon tour, il se mit à fredonner tout en rangeant ses tiroirs et en époussetant les rayons.

Il devint plus anxieux à mesure que les heures passaient, mais enfin, vers une heure, il reçut un appel de longue distance.

— La jeune demoiselle est en train de casser la croûte dans une *cafeteria*, annonça Bob, qui appelait d'une petite ville de la côte où il s'était arrêté. Pour ma part, j'ai déniché un endroit où l'on sert autre chose que du lait, du café et du Coca-Cola, et je recharge mes accus. Le bébé se porte bien, merci. Il a tété le sein de sa maman pendant une bonne partie du trajet, et je devais avoir l'air fin. Si je n'ai pas téléphoné plus tôt, c'est que je n'en ai pas eu l'occasion. Comme il fallait s'y attendre, je me suis trompé de route et nous n'avons traversé que des patelins qui défient toute description.

— Elle s'est laissé facilement emmener ?

— Moins difficilement que je n'aurais cru. J'ai fait beaucoup de gestes et employé tous les mots de langue étrangère que je connais, y compris le grec et le latin. Elle a fini par m'écrire le nom et l'adresse de son papa sur un morceau de papier. L'autre ne voulait pas la laisser partir, et j'ai cru un moment que c'était elle qui l'emporterait. Je crois que la petite a fini par comprendre qu'elle avait toutes les chances d'être séparée de son bébé, et peut-être a-t-elle cru qu'on la mettrait en prison. En tout cas, elle n'est pas loin de nous considérer comme des sauvages.

» — *Pas faire de mal. Pas faire de mal personne !* répétait-elle. *Nous venir à pays libre.*

» Je t'en fiche ! La même chose, jeune homme !

— Qu'est-ce que tu dis ?

— Je parle au jeune crabe qui tient lieu de barman ici et je lui fais signe de m'apporter du remontant. Le plus surprenant, c'est que nous n'avons pas eu une seule panne. Je trimbale trois ou quatre poulets vivants dans un cageot, des lapins dans un autre, et j'ai évité la chèvre de justesse.

» Elles se sont embrassées en pleurant, et j'avoue que c'était rigolo de voir celle qui restait, toute seule, sur un monticule de détritus, à nous faire de grands signes silencieux.

» Je ne sais pas si je vais trouver le village dont elle m'a écrit le nom, car personne, par ici, n'a l'air de connaître le patelin, et depuis une heure je navigue dans le brouillard. Je voudrais bien être de retour avant la nuit. La dernière fois que j'ai pris la bagnole, je crois me souvenir que les phares ne fonctionnaient pas.

» Un autre, jeune homme. Mais oui ! Dans le même verre, sacrebleu. Je ne suis pas dégoûté !

» À tout à l'heure, vieux Charlie. Et, si tu te décides à empoisonner le crocodile, je te défendrai gratis !

Ainsi, on avait paré au plus pressé. Grâce à Cancannon, qui reprocherait toute sa vie à Charlie de l'avoir arraché de son lit en plein décembre pour lui faire jouer les Santa Claus, Ella serait loin, dans un autre comté, quand la police irait fourrer le nez au domicile du Yougo, à qui une des charges les plus grosses de conséquences serait ainsi probablement évitée.

La neige tournait à nouveau en boue, et le billard d'en face n'avait jamais paru plus sinistre, avec le vieux Scroggins qui se vidait les bronches à grands bruits rauques et, dès quatre heures de l'après-midi, des gosses qui jouaient les gangsters autour du billard.

Ce n'est que vers cinq heures, par Saounders, que Charlie fut au courant du nouvel événement, et Justin était présent pendant le récit :

— Tu sais ce qui s'est passé chez Goldman ?

Parce qu'il s'était absenté le matin pour se rendre au County House, Charlie n'avait pas vu deux policiers en civil pénétrer chez le brocanteur, vers neuf heures et demie, et ensuite il n'avait plus mis le nez dehors de la journée.

— On l'a cambriolé ?

— La nuit dernière.

Goldman n'habitait pas dans la rue, où il n'avait que son magasin, mais vivait dans le vieux quartier, non loin de chez Bob Cancannon. Il partait le soir, confiant dans les grillages de ses vitrines et dans un système d'alerte électrique qu'il avait fait installer deux ans plus tôt.

— On n'a pas essayé d'ouvrir le coffre-fort, où il n'y a jamais, la nuit, que de vieilles montres et quelques bijoux anciens sans grande valeur. La porte n'a pas été forcée et on n'a pas touché à la devanture. J'étais dans ma cour, à côté, quand les détectives discutaient le coup dans l'allée. D'après eux, le voleur s'est introduit par une lucarne, plus exactement par un simple trou d'aération qui se trouve à une dizaine de pieds du sol. Même en grimpant sur une des poubelles, qui encombrent l'allée, un homme ne peut atteindre le trou, et surtout il ne pourrait s'y introduire, faute d'un passage suffisant. C'est pourtant par là, paraît-il, que le cambrioleur est passé. Pour remonter, de l'intérieur, il savait probablement trouver une échelle pliante dans le magasin.

— Qu'est-ce qu'on a volé ?

— Une demi-douzaine de revolvers et des cartouches. On a choisi les armes les plus modernes, du plus gros calibre, rien que des automatiques. Une serviette en cuir a disparu aussi, et on ne l'avait vraisemblablement emportée que pour y mettre les armes et les munitions. Il y avait dans la vitrine plusieurs fusils de valeur, auxquels on n'a pas touché. Il y avait aussi des appareils photographiques, dont certains pourraient se revendre jusqu'à cent cinquante dollars pièce.

Charlie ne se donna pas la peine de regarder dans la direction de Ward, qui restait immobile devant son verre de bière. Combien de fois il avait connu ça, dans les faubourgs populeux où il avait travaillé à ses débuts ! Cela commençait invariablement par un vol d'armes. C'était la base même d'un gang.

Ils étaient quelques-uns, maintenant, qui possédaient les moyens d'essayer leur sang-froid et qui devaient brûler du désir de commencer.

— Pas d'empreintes digitales, bien entendu ?

Ces gosses-là lisaient tous les romans policiers à deux sous et des magazines spécialisés dans les histoires de détectives. Sans doute, sur le plan technique, en remontreraient-ils aux constables locaux.

— Je finis par me réjouir, souffla Saounders en guise de conclusion, de n'avoir que des filles.

Pauvre Saounders, qui avait tant rêvé d'avoir un garçon et qui avait cinq filles, toutes charpentées comme lui, avec les traits mal dégrossis et les bons yeux de leur père.

Julia avait écouté à la porte de la cuisine, comme chaque fois qu'il était question d'enfants.

— On ferait mieux de fermer les endroits où on leur apprend à jouer de l'argent ! lança-t-elle, de loin, avec un vilain regard à Justin.

À quoi bon ? Charlie sentait que celui-ci avait gagné la partie et il avait fait, lui, tout ce qu'il pouvait faire, il avait réveillé le gros Cancannon, qui, à tout le moins en ce qui concernait Mike, limiterait les dégâts.

Il commençait à nouveau à s'inquiéter de Bob quand, au moment où il se mettait à table pour dîner, l'avocat l'appela au téléphone et le maudit d'abord de l'avoir embarqué dans cette aventure.

— Où es-tu ?

— Dans un bar, évidemment, où ils n'ont que du mauvais whisky.

— Mais où ?

— Sais pas. C'est marqué nulle part. Au bord d'une route où il y a une pincée de maisons. On m'a expliqué combien de fois je dois tourner à droite, puis à gauche, puis encore à droite, pour me retrouver sur une route numérotée.

— Ella ?

— C'est fait. Elle est chez ses vieux.

— Comment cela s'est-il passé ?

— Très bien ! Il a fallu que toute la famille s'y mette pour dégager ma voiture que j'ai embourbée à trois cents pieds de chez eux. C'est quelque part au bord de la mer, dans une sorte de marais où on ne reconnaît pas l'eau de la terre ferme.

Charlie imaginait une bicoque dans le genre de celle du Yougo.

— Ce sont des gens très bien, sauf qu'à part les plus jeunes ils ne parlent pas un traître mot d'anglais. Le père a assez l'air d'un pirate d'opéra, mais il se contente de pêcher des *clams* et de poser des casiers à langoustes. Dis donc, Charlie, je veux bien raconter, mais je te préviens que j'ai fait mettre la communication à ton compte.

— Je sais.

Cela amusait Bob de passer pour avare et il affectait volontiers de compter la menue monnaie qu'on lui rendait, discutait l'addition dans les restaurants et, aux stations d'essence, criait d'une voix forte : « La moins chère ! »

— Tout ça s'est embrassé, et le bébé a commencé à passer de main en main. Il y en a, des mains ! Ils sont au moins une douzaine, là-dedans, peut-être davantage, avec des filles mariées, tous de la même race, et leur cuisine ne sent pas mauvais du tout. Ils m'ont fait boire un verre d'alcool de leur pays qui a un drôle de goût et qui est plus fort que ce que j'ai jamais bu. Un des gamins, qui va à l'école, a traduit ce que j'avais à dire au père, qui m'a promis en retour de garder la fille et le bébé chez lui et de ne s'occuper de rien. Si on vient l'interroger, il fera l'idiot, et le gamin me tiendra au courant. À présent, je vais essayer de partir et de retrouver ma route, et demain matin je m'éveillerai certainement avec une pneumonie mortelle.

Jusqu'au moment de la fermeture, Charlie espéra le voir arriver, tressaillant chaque fois qu'il entendait une voiture qui avait des ratés ou qui faisait un bruit de ferraille. Mais sans doute Cancannon rencontrerait encore bien des bars en bordure de routes mystérieuses avant de retrouver le chemin de la ville et de la vaste maison où sa gouvernante l'attendait.

Par acquit de conscience, Charlie appela celle-ci au bout du fil.

— Bob n'est pas rentré ? Je m'en doutais et je vous appelle justement pour vous dire de ne pas vous inquiéter. Il rentrera sans doute très tard dans la nuit.

— Vous n'avez pas honte de l'envoyer dans la campagne par un temps comme celui-là ? Je sais qui vous êtes, allez ! Peu vous importe, à vous, ce qui arrivera, car ce n'est pas vous qui le soignerez !

Charlie soigna son propre rhume, ce soir-là, prit de l'aspirine, un double grog, se fit badigeonner la gorge par Julia et transpira tant qu'elle dut se relever au milieu de la nuit pour changer les draps. Quelle heure pouvait-il être ? Cela devrait rester pour Charlie la journée et la nuit des téléphones. Debout, enveloppé d'une couverture, pendant que Julia refaisait le lit, il entendit la sonnerie, en bas, et, dans son demi-sommeil, crut d'abord que c'était le réveille-matin de la cuisine. Puis il se dit qu'il était peut-être arrivé quelque chose à Cancannon et rejeta la couverture, chercha sa robe de chambre, s'engagea dans l'escalier, tandis que Julia lui criait :

— Mets au moins tes chaussettes !

La sonnerie insistait tellement, d'une façon si dramatique, qu'il ne prit pas la peine de tourner le commutateur, de sorte que le bar n'était éclairé que par l'imposte, au-dessus de la porte, qui laissait passer la lumière d'un réverbère.

— *Hello !* vieux Charlie.

C'était la voix, non de Bob Cancannon, mais de Luigi, qui avait l'air amusé en entendant Charlie questionner :

— Quelle heure est-il ?

— Ici, il est onze heures et demie. Chez toi, il doit être passé une heure du matin, si je ne me trompe. Dis donc, je t'ai réveillé ? Cela ne fait rien.

Luigi paraissait alerte, très gai, et on entendait de la musique, des chocs de verre, un murmure de voix, parmi lesquelles des voix et des rires de femmes.

— Tu ne connais pas Gus, mais ça n'a pas d'importance. C'est un de mes meilleurs clients et un de mes amis. Allô ! Tu es toujours là ?

Julia était descendue avec la couverture dont elle essayait d'entourer les épaules de son mari, qu'elle voulait faire asseoir pour lui mettre ses chaussettes.

— Gus est un gars de Saint-Louis, qui a fait son chemin et qui vient boire une bouteille chez moi chaque fois qu'il monte à Chicago. C'est lui qui veut te parler. Je te le passe.

— *Hello !* Charlie. Les amis de mes amis sont mes amis, et je suis sûr que tu dois avoir une bonne bouille. Dommage qu'on ne puisse pas trinquer par téléphone, car nous sommes en train de déguster un de ces champagnes comme je n'en ai jamais bu de ma vie.

Une voix de femme éméchée cria dans l'appareil :

— Il est fameux !

— Ne fais pas attention, Charlie. C'est Dorothy… Non, Dorothy, laisse-moi parler affaires avec ce vieux Charlie… C'est à propos de ton copain, Charlie, tu sais, celui dont Luigi a accroché la photo dans le bar… Une jolie crapule, dis donc, cette punaise-là… J'ai dit tout de suite à Luigi :

» — Méfie-toi de cet oiseau, mon pote. Nous, à Saint-Louis, on est payé pour le connaître. Je ne sais plus pendant combien d'années on l'a eu, mais en tout cas on en a eu son compte. L'Avocat, qu'on l'appelait. Et il paraît qu'il est vraiment calé en droit. Il ne peut pas pratiquer, mais il donnait quand même des consultations, surtout dans les bars, les dancings et les *night clubs* miteux. Tu vois le genre ?… Il y en a toujours qui ont besoin de renseignements et qui n'aiment pas s'adresser à des bureaux sérieux... Allô!... Tu es là, Charlie?

On l'entendit qui demandait, sans doute à Luigi :

— C'est bien Charlie qu'on l'appelle, le mec?

» Allô! Alors, c'est pour te dire de te tenir à carreau. Avec son truc de consultations, il s'arrange pour tirer les vers du nez aux gens et, ensuite, ne se gêne pas pour les faire chanter. Ici, il s'occupait surtout des pauvres filles qui ne sont pas en règle ou qui ont des ennuis... Qu'est-ce que tu dis, Luigi? De ne pas parler de ça au téléphone? Comme si je ne parlais pas à mots couverts!... Tu me comprends, Charlie? Bon! Moi, je n'ai rien à voir avec ces trucs-là. Je suis dans un business tout ce qu'il y a de régulier, dans la construction, avec des *bulldozers* et tout le tremblement. Mais j'ai un ami qui s'intéressait à une petite de dix-sept ans. Il a eu le malheur, une seule fois, de l'inscrire à l'hôtel comme sa femme, de l'autre côté du Missouri, et il a craché je ne sais combien à l'Avocat pour s'en tirer. S'il est encore dans tes parages, casse-lui la gueule tout de suite. C'est le seul moyen. C'est pour cela que je te téléphone. C'est ce qu'ils ont fait chez nous. Ils se sont mis à trois pour lui apprendre à vivre. Ils l'ont déshabillé, une nuit, l'ont rossé copieusement et l'ont lancé dans la rivière en lui promettant que, si on le revoyait, ils auraient soin, la prochaine fois, de lui attacher un caillou aux pieds.

» C'est après ça qu'il a disparu.

— Il y a combien de temps?

— Dans les deux ans. Mais oui, ma cocotte, je te laisse poser ta question...

Et la voix de femme de prononcer :

— Quel temps fait-il, là-bas ? Vous êtes au bord de la mer ?

— La mer est à quarante milles et il neige.

— Merci.

— Allô ! Charlie, disait Luigi. Te voilà renseigné. Je t'en écrirai plus long quand j'en aurai l'occasion. Je commence à croire, en tout cas, que c'était Alice qui avait raison. À propos, elle est revenue ici. Elle a regardé la photographie un moment, puis, sans faire de réflexions, a commandé un double *manhattan*. Bonne nuit, frère !

— Bonne nuit, cria le client de Saint-Louis qui devait être occupé à se verser du champagne.

Le matin, Charlie dut rester couché pour de bon, car il se réveilla avec de la température, et Julia téléphona au médecin sans lui en demander la permission. De sorte qu'il eut sur sa table de nuit des drogues à prendre toutes les deux heures, un immense pot de limonade qui lui rappelait les grippes de son enfance et du bouillon de légumes écœurant.

Il en était réduit à imaginer les allées et venues d'après les bruits qui montaient jusqu'à lui, et la porte d'entrée ne s'ouvrait pas une fois sans le tirer de la somnolence où il lui arrivait de se laisser glisser. Aux heures où il savait que Ward était venu, il donnait des coups sur le plancher pour appeler Julia qui arrivait tout essoufflée d'avoir hissé ses cent soixante ou cent soixante-dix livres dans l'escalier en colimaçon.

— Qu'est-ce qu'il a dit ?

— Il m'a demandé si tu étais parti en voyage et j'ai répondu que non.

— Il sait que je suis couché ?

— Oui. Il te souhaite d'être guéri pour les fêtes.

— Qu'est-ce que ça peut lui faire ?

— Il a lu tout son journal et il est parti.

Il, c'était nécessairement Ward, dont Charlie évitait autant que possible de prononcer le nom.

— *Il* ne t'a parlé de rien d'autre ?

— Non.

— Tu n'as pas été grossière avec lui ?

— Je lui ai simplement fait remarquer qu'il y avait suffisamment de cendriers sur le bar pour ne pas jeter ses mégots par terre.

— Saounders n'est pas venu ?

— Pas ce matin.

— Ni Goldman ?

— Je n'ai eu que des déménageurs qui ont bu le coup sur le pouce et le livreur de bière. Tout est en ordre dans la cave. On a téléphoné au sujet des courses, et j'ai répondu qu'il n'y en avait pas aujourd'hui.

— Mais il y en a !

— Cela ne fait rien. Dans un moment, je te monterai ton bouillon. Essaie de ne pas te découvrir.

— Passe-moi seulement mes cigarettes.

— Qu'est-ce que le docteur t'a dit ?

— J'en tirerai deux bouffées, juste pour enlever le mauvais goût du médicament.

Il s'endormit après un bouillon et rêva de Mike, qu'il voyait en tenue de prisonnier. Mais c'était un uniforme de fantaisie, à rayures, qui lui donnait l'air d'une guêpe, et la prison n'était pas non plus une vraie prison. C'était dans une maison immense, au bord de la mer, vitrée comme un casino. On y voyait un grand nombre de femmes et d'enfants, quelques adolescents aussi, et un vieillard qui paraissait être le chef et ressemblait à l'Abraham des bibles illustrées.

Mike aussi, à certains moments, paraissait avoir une barbe. Tous parlaient un langage inconnu, d'une voix douce comme une musique, et Charlie crut apercevoir des enfants nus qui jouaient de la harpe dans les coins.

Sans doute le Yougo était-il une sorte de chef également, peut-être même supérieur au patriarche, car toutes les femmes et tous les enfants lui appartenaient, et il circulait parmi eux avec une souple aisance de danseur.

Un bruit, pourtant pas très fort, le réveilla en sursaut et, en regardant l'heure, il comprit que c'était Ward qui venait d'ouvrir la porte du bar. Justement, il l'attendait dans son rêve, il ne savait pas pourquoi, ni sous quelle forme, et il fut déçu d'avoir été interrompu par la réalité.

En tout cas, Luigi n'avait pas répété :

— *Ne sois pas trop méchant avec Frankie !*

Il admettait maintenant que, jadis, c'était la petite de l'ascenseur qui avait probablement raison.

Luigi avait une belle vie, là-bas, à Chicago. Il voyait tout le monde défiler chez lui, les gens les plus intéressants des quatre coins de l'Amérique, car tout le monde passe par l'*Hôtel Stevens*, et il est bien rare qu'on y descende sans aller manger un spaghetti, au moins un soir, après le théâtre, chez Luigi.

Il devait être riche, à présent qu'il avait eu le temps de rembourser l'argent emprunté, pour lequel il s'était fait tant de soucis. Cependant, Charlie ne l'enviait pas. Il avait fait son chemin lui aussi, quelques étages plus bas ; il était à son compte et personne ne le commandait. Luigi était pour ainsi dire seul. Il avait perdu bêtement sa femme, dans un accident, quinze ans plus tôt, et sa fille, qui s'était mis en tête de faire du cinéma à Hollywood, ne lui écrivait que pour lui réclamer de l'argent.

— Tu devrais téléphoner à Bob pour avoir de ses nouvelles, Julia. Cela m'inquiète qu'il ne m'ait pas appelé depuis ce matin.

Quand elle remonta, il questionna :

— Qu'est-ce qu'il a dit ?

— Que tu ailles au diable ! Il est resté en panne jusqu'à six heures du matin à huit milles de la ville et a dormi dans le fond de sa voiture.

— Tu ne lui as pas appris que j'étais malade ?

— Il a répondu que c'était bien fait pour toi et qu'il ne se lèverait plus que pour ton enterrement.

— Il n'est venu personne ?

— Kenneth est passé.

— Il n'avait pas à me parler ?

— Je ne pense pas. Ils sont tous alertés, à ce qu'il m'a dit, à cause des maudits revolvers. On s'attend à des *hold-up* dans la région. Alors ils ont doublé les patrouilles.

— Il y a des gosses au billard ?

— Je n'ai pas regardé.

— *Il* est venu ?

— Il était là quand j'ai téléphoné à Cancannon.

— Il est sûrement au courant du départ d'Ella, et cela doit le faire enrager. J'aurais voulu pouvoir parler de lui à Bob. Demain, j'irai le voir.

— Demain, tu resteras au lit.

— Demain, je serai guéri.

— Et tu descendras sans doute pour donner la grippe aux enfants ?

Ça lui manquait d'être à son bar, d'avoir par les uns et les autres, à toute heure de la journée, les échos de la ville. Il lui semblait qu'on allait profiter de ce qu'il était bouclé dans sa chambre pour déclencher des catastrophes.

— Ce soir, je te mettrai des cataplasmes.

— Le docteur ne l'a pas dit.

— Il ne t'a pas dit non plus de fumer, et tu le fais.

— Sais-tu, Julia, que je commence à mieux *le* comprendre ?

— La belle avance !

— Sa force, vois-tu, c'est de savoir ce que pensent les autres avant qu'ils s'en rendent compte eux-mêmes. Ou, plutôt, c'est de découvrir les saletés cachées, les petites saletés qu'on ne s'avoue pas volontiers. Tiens ! Il me fait penser à Eleanor, qui n'a qu'à renifler quelqu'un pour savoir de quelle maladie il souffre.

— Au besoin, elle en invente.

— Peut-être qu'il en invente aussi. Il doit savoir tous les vices et il les devine chez les gens.

— Si tu essayais de dormir encore un peu ?

— Je ne parle pas seulement des gros vices, tu comprends, mais des petites choses malpropres, ou même douteuses...

— Mais oui. Mais oui.

— Dès qu'il y a quoi que ce soit d'un peu trouble, il le sent...

— Ça doit être bien agréable !

— Ne te moque pas, Julia. Cela explique que tout le monde soit plus ou moins gêné devant lui.

— Toi aussi ?

— Cela explique aussi que les gosses, qui rêvent d'être des terreurs, soient impressionnés.

Elle le couvrit jusqu'au cou, lui mit un bout de couverture sur la bouche, descendit le pot de limonade vide, installa autour de la table, dans la cuisine, avec des livres d'images, les enfants qui venaient de rentrer.

— Surtout, essayez de ne pas faire de bruit. Votre père dort.

Tout était simple avant que l'homme vînt rôder dans le quartier en jetant sa jambe gauche de travers, en avalant des pilules et en refermant les portes derrière lui comme s'il avait peur de voir entrer le diable !

Charlie ferait mieux de ne plus s'en occuper, car cela ne pouvait rien amener de bon. Vous voulez un verre de bière ? Voilà ! Je suis là pour ça. C'est vingt-cinq *cents*. Bonjour ! Bonsoir !

Tandis qu'à force de se tracasser il finirait par faire des bêtises. Et Cancannon n'était pas l'homme à l'en empêcher. Au contraire ! Il était riche, lui, tellement riche, disait-on, qu'il n'y avait pas à Boston même de fortune égale à la sienne. Il pouvait s'amuser à vivre autrement que les autres, à se moquer des politiciens et à faire enrager les vieilles dames de la société qui étaient toutes plus ou moins ses tantes ou ses cousines.

— Allô ! Non, c'est Julia. Sa femme, oui. Il est dans son lit avec la fièvre. Qui parle ?

Elle n'entendit pas le nom. Cela paraissait venir de loin. Puis on avait raccroché.

— Qui était-ce ?

— Je ne sais pas. Sans doute quelqu'un qui s'est trompé de numéro.

— Je t'ai entendue répondre que j'étais au lit.

— C'est vrai. Je n'y pensais plus. Alors c'est qu'on a coupé la communication. Peut-être va-t-on rappeler ?

— C'était de la ville ?

— Je ne sais pas. On entendait mal.

— C'était peut-être Luigi ?

— Tu ne t'attends pas à ce que Luigi t'appelle tous les jours en longue distance pour te parler d'une histoire qui ne l'intéresse pas ?

Ce coup de téléphone le chiffonnait. Il restait aux aguets. On ne rappelait pas, et les heures passaient, les enfants dînaient en bas, puis on les mettait au lit et, tour à tour, ils lui criaient le bonsoir dans le corridor.

— Bonsoir, daddy !

— Bonsoir, Sophie... Bonsoir, John... Bonsoir, Martha...

Pourquoi ne rappelait-on pas ? Pourquoi avait-on raccroché en entendant la voix de Julia ?

— *Il* est en bas ?

— Depuis un quart d'heure.

— Qu'est-ce qu'il fait ?

— Il est en train de discuter avec le sheriff.

— Kenneth est revenu ?

— Il vient d'arriver. Il prétend que tout est calme, qu'il ne se passera rien aujourd'hui ni les prochains jours, que ce sont probablement des garçons de Calais qui sont venus voler les armes.

— Il sait bien que ce n'est pas vrai.

— Pourquoi n'est-ce pas vrai ?

— Parce que des gens de Calais n'auraient pas connu le trou d'aération et n'auraient pas su qu'il y avait une échelle à l'intérieur pour remonter.

— C'est possible. Je répète ce que j'ai entendu.

— Et *l'autre* ?

— Je n'ai pas pu écouter tout le temps. Je crois qu'il a dit à peu près la même chose que toi, puis il a parlé de l'allée.

— Ils sont toujours au bar tous les deux ?

— Je crois. À moins qu'ils ne soient partis depuis que je suis montée.

— Qui est-ce qui paie ?

— Ward a offert une tournée.

— Descends et écoute, puis reviens me dire tout. Essaie de retenir.

Mais quand elle remonta, un quart d'heure plus tard, elle avait à peu près les mains vides.

— Kenneth est parti presque tout de suite après que je suis arrivée. Je l'ai entendu qui murmurait :

» — *Ce n'est peut-être pas bête. On pense toujours aux autres et pas à ceux-là, qui sont souvent les plus enragés.*

» Il a ajouté, la main déjà sur la poignée de la porte :

» — *De toute façon, cela regarde la police locale. J'en toucherai un mot au chef si je le vois. Mes fonctions, à moi, commencent aux portes de la ville.*

— Et *lui* ?

— Quoi, lui ? Il est toujours sur son tabouret, et il n'y a personne d'autre dans la salle, qu'Aurora qui vient d'entrer et qui est allée s'asseoir ostensiblement au bout opposé du comptoir.

— Tu n'entends pas le téléphone ?

— Non.

— Descends vite. Il serait capable de décrocher et de répondre.

— Quand je remonterai, ce sera pour ton cataplasme, Charlie ! Je te préviens afin que tu t'y prépares.

Elle ne se plaignait pas d'avoir grimpé plus de vingt fois l'étage ce jour-là.

9

Il dut rester au lit trois jours, pendant lesquels il n'eut des nouvelles de l'extérieur que par l'intermédiaire de Julia. Le second jour, qui était le mercredi, il fut si accablé qu'il s'occupa peu de ce qui se passait autour de lui. Il était rouge, les cheveux collés au front, la respiration bruyante, et quand sa femme, vers quatre heures, appela à nouveau le médecin, celui-ci lui fit une injection de pénicilline.

Pendant tout ce temps-là, pourtant, il ne fut jamais débarrassé de Justin Ward et, dans ses cauchemars, il y eut des luttes farouches, qui le laissaient haletant, mais dont il ne gardait qu'un assez vague souvenir au réveil. Il essaya encore de questionner Julia, le soir, sur ceux qui étaient venus au bar ce jour-là et sur ce qu'ils avaient dit, mais elle l'assomma d'une bonne dose de somnifère que le médecin avait ordonnée, et il dormit paisiblement jusqu'au matin.

Il s'éveilla avec une barbe d'un demi-pouce, noire et blanche, et se sentit faible. À neuf heures, le médecin lui fit une seconde piqûre en annonçant que cela suffirait probablement et, quand Charlie lui demanda des nouvelles de la ville, répondit tout naturellement :

— Cela ne décroît pas, au contraire. J'en ai soixante comme vous à voir ce matin. Et maintenant, avec la pluie, ce sera pis !

Par la fenêtre, il voyait les toits redevenus noirs, des gouttes limpides qui glissaient sur les vitres, et il entendait toute la journée des glouglous de gouttière.

— Écoute, Julia, si tu ne montes pas me parler plus souvent, si tu continues à ne rien me raconter, je t'avertis que je m'habille et que je descends.

— Qu'est-ce que tu veux savoir ?

— *Il* est venu ?

— Il est là aux heures habituelles, ni plus ni moins. Il demande chaque fois de tes nouvelles. Quand le docteur est descendu, ce matin, il l'a questionné.

— Il ne s'est rien passé dans la ville ?

— Tu veux dire ce qu'on craignait après le vol des revolvers ? Non. J'ai vu Kenneth. Ils continuent à faire des patrouilles. Au fait, ce matin, j'ai appris quelque chose, mais je ne sais par qui. Attends. C'est par quelqu'un qui venait pour les courses et qui n'a pas arrêté son moteur.

— Rainsley.

— Il paraît que voilà deux soirs de suite que la femme de Mike vient le voir, vers six heures, sur la petite place, derrière la prison, avec ses enfants, et ils restent tous là à le regarder à travers sa fenêtre grillagée et à parler leur langue.

Charlie connaissait bien cette place entourée de façades aveugles, derrière County House, qui servait de parc à autos et qui, le soir, était déserte. Les fenêtres de la prison étaient élevées, mais, quand elles étaient éclairées, on pouvait voir ce qui se passait dans les cellules. Souvent des amis des prisonniers, ou des femmes, venaient ainsi leur parler de loin.

Ce qui le surprenait, c'est que, ne connaissant pour ainsi dire pas la ville, où elle ne venait jamais, la femme de Mike y eût pensé. Il l'imaginait, avec ses gosses derrière elle, traversant le quartier de la tannerie, puis une bonne partie de Main Street, poussée par son instinct, dans le froid du soir, avec les chants de Noël qui sortaient de tous les magasins dont les vitrines devaient lui paraître d'une prodigieuse richesse.

Le Yougo les distinguait à peine, car la petite place n'était pas éclairée, et sans doute y avait-il des moments de silence, des moments où ils ne savaient que dire, où ils se contentaient de regarder chacun dans la direction de l'autre en se concentrant tout entier.

— Le billard ?

— Un policier y est entré hier soir à trois heures de l'après-midi et a fait sortir deux élèves de la *High School* qui auraient dû être à l'école.

— Cancannon n'a pas téléphoné ?

— Il est venu hier soir, un peu avant la fermeture. Il était déçu de ne pas te trouver. Il prétend que, maintenant que tu as interrompu sa neuvaine, il n'a plus le courage de se recoucher.

— Il a bu beaucoup ?

— Cinq ou six cognacs, dans de grands verres. Puis il a entamé une longue discussion avec Ward.

— Au sujet de quoi ?

— Au sujet des courants d'air. Ça l'énervait de voir Justin aller tout le temps refermer la porte. Alors il l'a attaqué, et ils se sont tous les deux renvoyé des répliques que je n'ai pas toujours comprises. Les autres riaient. Il ne m'a pas semblé que Ward ait eu le dessus, mais il ne s'est pas démonté et est resté jusqu'à son heure habituelle. À propos, Mabel est partie. Il paraît qu'elle a décidé en fin de compte d'aller passer les fêtes chez sa mère, dans le Vermont.

Ça le mettait de mauvaise humeur d'apprendre tout cela de seconde main, et il en voulait un peu à Julia de n'être pas plus curieuse, surtout de n'attacher aucune importance aux détails.

— Tu ne sais toujours pas qui a essayé de téléphoner avant-hier ? Personne n'a rappelé ?

— J'ai eu une communication de Calais, ton copain qui s'étonnait de ne pas recevoir de paris. Je lui ai répondu que tu étais au lit et que je ne connaissais rien aux courses. Au fait, j'y pense, c'est probablement lui.

— Pourquoi ?

— Parce qu'il m'a dit qu'il avait essayé de te joindre.

Charlie était déçu. Il est vrai que ce n'était pas certain. Il avait hâte de descendre, mais il sentait bien qu'il en avait encore pour vingt-quatre heures au moins à garder le lit. Quand il s'était levé, vers onze heures, dans l'espoir de se raser, il avait découvert qu'il était si faible qu'il s'était recouché sans insister.

Il n'oubliait pas le cadeau qu'il devait acheter pour Julia et avait décidé que ce serait un bracelet en or. Elle avait beau mettre la radio en sourdine, il entendait les cantiques de Noël qu'on émettait du matin au soir. Une violente tempête de neige, annonçait-on, balayait les États du Middle West et, comme chaque année, des centaines d'autos étaient bloquées sur les routes, deux trains transcontinentaux étaient arrêtés dans les villages.

Ce fut Saounders, qui le tenait d'un constable, qui apporta la nouvelle au sujet du revolver, vers la fin de l'après-midi. Le matin, le chef de la police avait reçu, par courrier ordinaire, une boîte en carton dont l'adresse était tapée à la machine et qui contenait un des revolvers volés chez Goldman, ainsi qu'un paquet de cartouches.

On avait enquêté aussitôt au bureau de poste, et on avait établi que le paquet avait été jeté dans la boîte du bureau principal la veille après huit heures du soir.

L'emballage était en carton ordinaire, qui avait dû contenir un jouet acheté dans un Woolworth. L'adresse était correctement composée et un détail avait frappé le receveur qui remplaçait Marshall Chalmers pendant les vacances de celui-ci.

— L'affranchissement est rigoureusement correct. Comme il n'a pas été fait au guichet, par un des employés, cela indique que l'expéditeur est un commerçant, ou quelqu'un d'habitué à envoyer des paquets, car il a dû peser celui-là sur une balance spéciale et il connaît les tarifs postaux.

— Que dit Saounders ?

— Il voulait monter te voir. Tu dormais. Je lui ai promis de le laisser venir ce soir si tu es reposé. L'avis général, c'est qu'un père, qui a trouvé le revolver dans le tiroir de son fils, a voulu le restituer sans compromettre le gamin.

Charlie pensa machinalement à Chester Nordell. Puis il réfléchit et se dit que Nordell était trop scrupuleux pour agir ainsi. Plus probablement, il aurait conduit lui-même son gamin au chef de la police et aurait aidé à le questionner pour découvrir le reste du gang.

Combien de pères, dans la ville, ces jours-ci, devaient épier leur garçon avec angoisse !

— Il y a toujours du monde au billard ?

— Quelques-uns. Je ne sais pas si je me trompe, mais, tout à l'heure, j'ai vu le vieux Scroggins qui gesticulait en parlant à Ward et j'ai eu l'impression qu'ils se disputaient.

— *Il* est au bar ?

— Il vient d'arriver. Il est enrhumé, lui aussi. Si seulement il pouvait attraper une bonne pneumonie, qu'on n'ait pas à le voir de longtemps !

— Il tousse ?

— Je ne sais pas s'il tousse, mais il a une façon dégoûtante de se moucher, en regardant soigneusement, après, dans son mouchoir. J'en ai le cœur soulevé chaque fois. Quelqu'un lui a dit, un petit maigre qui travaille à la quincaillerie, de garder ses microbes pour lui et de bien vouloir les remettre dans sa poche.

— Qu'est-ce que Ward a répondu ?

— Rien. Il ne répond rien. Tout ce qu'on peut lui dire lui est égal.

Charlie se faisait une fête de voir Saounders, mais il ne vint pas et, à cause de la pluie battante, il n'y eut à peu près personne au bar de la soirée. La pluie tomba toute la nuit, transformant l'allée en torrent, et le matin, malgré le chauffage central, la maison était glacée, il fallut habiller les enfants près du poêle de la cuisine, et Julia décida de ne pas envoyer le plus jeune à l'école.

À huit heures et demie, alors qu'il était en train de prendre sa température, il entendit la porte du bar qui s'ouvrait et se refermait presque tout de suite, et devina que c'était le facteur, s'apprêta à appeler Julia pour lui réclamer le courrier, l'entendit presque aussitôt qui s'engageait dans l'escalier. Pourquoi s'arrêtait-elle par deux fois sur les marches, comme si elle lisait quelque chose ou comme si elle hésitait ? Il vit qu'elle était préoccupée. Elle posa sur le couvre-lit un paquet de prospectus et des factures, lui tendit sans rien dire une enveloppe marquée « Air Mail » qui portait le timbre de Chicago et, en rouge, la mention « Special Delivery ».

— Tu as signé le reçu ?

— J'ai signé pour toi.

Elle attendait, sans poser de question. Ils auraient eu de la peine à dire pourquoi ils étaient aussi impressionnés tous les deux. Ils avaient reconnu l'un comme l'autre l'écriture de Luigi, et celui-ci n'avait-il pas annoncé par téléphone qu'il écrirait prochainement ? Peut-être étaient-ce les lettres rouges de « Special Delivery » qui les troublaient, car ils n'en avaient pas l'habitude.

— Tu n'ouvres pas ?

— Si.

Elle l'avait rarement vu aussi pâle, aussi sévère de sa vie que pendant la lecture de cette lettre. Il était impressionnant ainsi, la respiration suspendue, assis dans son lit, avec son visage envahi de barbe tranchant sur le tas d'oreillers.

« Charlie. »

Déjà celui-ci comprenait que c'était sérieux, car Luigi avait l'habitude de commencer ses lettres par un petit mot d'amitié ou par une plaisanterie.

« J'ai d'abord pensé te téléphoner, puis je me suis dit que ce n'était pas prudent. Je n'aime pas beaucoup écrire cette lettre non plus, d'ailleurs, et je compte sur toi pour la *brûler* tout de suite après l'avoir lue.

» Je croyais faire une bonne blague en accrochant au mur de mon bar la photographie que tu sais, et voilà qu'en fin de compte cela déclenche une histoire terrible.

» J'espère que cette lettre t'arrivera à temps. Je ne sais pas ce qu'ils vont faire, mais, autant que je sache, ils ne prendront pas l'avion, qui les obligerait à louer une voiture pour le reste du trajet.

» C'est arrivé il y a un peu plus de deux heures — il est maintenant trois heures de l'après-midi — mais je ne posterai cette lettre que quand je serai sûr qu'ils ne sont plus dans les parages. S'ils font la route en auto, comme je le prévois — je n'ai pas pu voir leur voiture, qui devait être dans un parking —, tu auras probablement quelques heures devant toi, peut-être une journée de bon après la réception de cette lettre.

» Que je te dise tout de suite que tu avais raison et que Frank est une dangereuse canaille. C'est encore pis que ce que tu penses, *mais ce sera à toi de décider et je ne veux pas t'influencer.*

» Lis ma lettre calmement et ne m'en veuille pas trop vite. Tu comprendras que j'ai été forcé de parler. *Je ne pouvais pas faire autrement.* J'espère que tu te rendras compte de ma situation et que tu me pardonneras.

» Je vais essayer de tout t'expliquer, ce qui n'est pas facile, car il y a certaines choses, certains mots que je ne peux pas écrire. Je compte sur toi pour deviner. Tu n'as qu'à te reporter à certaine atmosphère que tu connais, à une certaine époque que tu n'as pas oubliée. J'étais autour de mon bar, vers une heure, à surveiller le service, quand un des barmen m'a fait signe. Il était en conversation avec deux hommes en train de le questionner au sujet de la photographie que tu sais.

» — Vous êtes le patron ? m'ont-ils demandé avec une politesse glacée qui m'a renseigné tout de suite. C'est un de vos amis ?

» Ils me regardaient droit dans les yeux avec comme l'envie de me pousser dans un coin, mais je croyais encore que c'était une histoire dans le genre de Gus. À propos, excuse-moi si on t'a dérangé l'autre nuit, mais le client était assez chaud et tenait absolument à te parler.

» Donc, j'ai répondu :

» — Il n'est pas spécialement de mes amis, et je crois même que c'est un drôle de coco.

» — Vous savez son nom ?

» — Jadis, quand je l'ai connu au *Stevens*, où nous travaillions tous les deux, il s'appelait Frank Leigh, mais j'ai appris depuis qu'il avait changé de nom.

» — Comment s'appelle-t-il à présent ?

» — La dernière fois qu'on m'en a parlé, c'était sous le nom de Ward, Justin Ward.

» — Quand ?

» — Assez récemment.

» Ils avaient déjà retiré le cadre de la photo et repéré, au dos, le cachet du photographe de Chicago chez qui j'ai fait développer la pellicule que tu m'as envoyée et commandé l'agrandissement.

» — D'après ceci, il doit être en ville.

» — Non. Je crois au contraire qu'il est assez loin d'ici.

» — Écoutez, Luigi. Nous, on n'a rien contre vous. On n'est pas de par ici, mais des copains nous ont recommandé la boîte et tous nous ont dit que vous étiez un type bien.

» — Qu'est-ce que je vous offre, messieurs ?

» — Pas si vite ! Pas avant que nous nous soyons compris. On pourrait s'y prendre autrement et on s'y décidera si cela devient nécessaire. Pas besoin de faire un dessin, non ? Bon ! On veut savoir où est ce type-là.

» — Je comprends.

» — Où est-il ?

» — Supposez que je ne le sache pas, mais que j'aie le moyen de l'apprendre rapidement.

» — Alors grouillez-vous.

» — Supposez aussi que, pour le savoir, j'aie besoin de mettre une autre personne dans le coup, un ami que j'aime beaucoup, qui est tout ce qu'il y a de plus régulier, et que je ne veuille pas le faire sans en savoir un petit peu plus long ?

» Ils se sont regardés. Le plus grand des deux — je préfère ne pas trop les décrire — a fini par faire un signe d'assentiment.

» Alors, après un nouveau coup d'œil entre eux, ils m'ont proposé d'aller faire un tour sur le trottoir, et je les ai suivis. On a parcouru au moins trente fois la longueur du bloc, comme si on attendait quelqu'un, ou qu'une table soit libre chez moi.

» — Vous avez entendu parler d'Edwin Abbott, pas vrai ?

» Je suppose que tu as le temps de lire les journaux. Cela s'est passé à Las Vegas il y a environ deux mois, peut-être un peu plus. Un certain Antonetti, un *gambler* connu, a été descendu au moment où il sortait d'un casino de la ville et on n'a même pas essayé de prendre l'argent dont il avait les poches bourrées. On a prétendu qu'il avait été tué à la suite d'une rivalité entre deux bandes puissantes, tu devines lesquelles. Je passe. La police, bien entendu, n'a rien trouvé, s'est contentée d'arrêter coup sur coup une dizaine de crabes qu'on relâchait au fur et à mesure faute de preuves.

» C'est alors que le F.B.I. a annoncé une récompense de cinq mille dollars pour qui ferait prendre le meurtrier d'Antonetti.

» Or, cinq jours plus tard, Edwin Abbott, à qui personne n'aurait jamais pensé, un type qui a de grosses affaires de textiles dans le New Jersey et en Californie, et qui compte des tas d'amis parmi les gros bonzes de la politique, a été bouclé. Sans hésiter, sans se donner de mal, la police est allée droit à l'endroit où les preuves de son activité étaient cachées.

» C'est une affaire énorme et elle aura encore des rebondissements pendant un an ou deux.

» Eh bien ! le gars qui a vendu Abbott et qui a touché les cinq mille dollars du F.B.I. n'est autre que son secrétaire, un petit bonhomme sans envergure, dont on ne se méfiait pas et qui se faisait appeler Kennedy.

» Kennedy, c'est Justin Ward. C'est Frankie.

» Tu comprends maintenant pourquoi il a débarqué sans tambour ni trompette dans un petit patelin qu'il a dû choisir sur la carte, aussi loin que possible du Nevada et des endroits où il a travaillé, en ayant soin d'effacer les moindres traces de son voyage.

» Tu comprends aussi pourquoi ton sheriff, quand il a voulu faire du zèle, a reçu une note du F.B.I. lui conseillant de le laisser tranquille.

» C'est tout, mon vieux Charlie. Ne m'en veux pas. Les gens qui me parlaient ne sont pas de ceux avec qui on joue au plus fin. Ils voulaient l'adresse à tout prix, et je ne pouvais pas prétendre que la photographie était venue s'accrocher toute seule dans mon bar.

» J'ai essayé de gagner du temps pour te téléphoner, mais ils ne m'ont pas lâché d'un pouce et ont commencé à s'impatienter.

» Je leur ai tout raconté. Comme ils refusaient encore de rentrer et de trinquer avec moi, je leur ai donné ta dernière lettre, que je venais de recevoir, et ils ont bien vu que ce n'était pas du flan.

» Si Frankie en avait valu la peine, j'aurais peut-être agi autrement, mais je t'avoue que je ne suis pas tellement fâché de ce qui arrive.

» Nous avons déjeuné ensemble. Un des hommes a téléphoné longuement, de la cabine, à Las Vegas, puis à New York, et ils sont repartis il y a une demi-heure.

» Ils ne m'ont pas dit ce qu'ils comptent faire. Je ne sais pas s'ils iront eux-mêmes là-bas ou s'ils enverront quelqu'un. Ce qui est certain, c'est qu'il se passera bientôt quelque chose dans les environs de chez toi.

» Je n'ai pas de conseil à te donner. Si ma lettre arrive à temps, tu as évidemment encore le choix. La frontière n'est pas loin, mais, à vrai dire, cela m'étonnerait qu'on ne l'atteigne pas un jour ou l'autre, même au Canada. Pour moi, c'est un oiseau pour le chat.

» Dès que tu auras du nouveau, écris-moi. N'oublie pas de brûler cette lettre *tout de suite*. N'en parle à personne, pas même à Julia. Embrasse-la de ma part.

» Ton Luigi. »

— Qu'est-ce qu'il te dit ?

— Je t'en parlerai plus tard. Rien d'important. Aide-moi à me lever.

— Jamais de la vie ! Tu passeras la journée au lit et peut-être celle de demain. Tu ne vois pas ta tête !

Mais il était déjà debout, avec un regard auquel elle n'osa pas résister.

— Tu ne veux pas me dire ce qu'il t'écrit ?

— Non, Julia. Pas maintenant.

— C'est au sujet de Justin ?

— C'est une histoire très compliquée. Descends. *Il* ne va pas tarder à arriver.

Il la rappela, alors qu'elle était déjà dans l'escalier.

— Écoute, Julia, il est important que tu sois tout à fait naturelle avec lui, tu entends ? Ne va pas lui chercher querelle. Sois patiente encore quelques heures.

— Pourquoi quelques heures ?

— Parce que je vais reprendre ma place au bar. J'aurais dû dire quelques minutes.

— Ce n'est pas ce que tu as pensé. Tu mens, n'est-ce pas ?

— Non.

— Jure-moi au moins que tu ne cours aucun danger ?

— Je le jure.

Elle le crut, et il se rasa nerveusement, se coupa la joue, prit un bain, s'habilla, l'oreille aux aguets, puis il brûla au-dessus de la cuvette du cabinet la lettre de Luigi, y compris l'enveloppe ; la chasse d'eau emporta les cendres.

Dans l'escalier, il se sentait encore vacillant, avec une vague envie de dormir, les jambes hésitantes, et il s'arrêta un instant comme pour prendre son élan avant d'entrer dans le bar.

— Va me faire du café, veux-tu ?

Il n'avait pas regardé tout de suite vers l'endroit où il savait que Ward était assis, et il se pencha pour ramasser un torchon, essuya le comptoir que Julia avait déjà nettoyé.

— Ça va mieux, Charlie ?

Ce fut plus difficile encore qu'il n'avait pensé de tourner la tête et de le regarder en face. Chose curieuse, Justin avait le visage bouffi par la grippe, le nez rouge, les yeux luisants. Il en était à la phase montante, alors que Charlie, pâle et tiré, en était à la phase descendante.

— Vous n'êtes pas dans votre lit ? questionna-t-il au lieu de répondre.

— Je n'ai aucune envie de me mettre au lit.

Cela changerait-il quelque chose s'il était dans son lit ? Hésiterait-on à pénétrer dans la maison d'Eleanor ? Peut-être gagnerait-il quelques heures, le temps qu'il faudrait aux hommes pour se renseigner. Cela ferait ensuite plus de bruit et ce serait plus sale et plus laid.

— Je suppose que vous savez que quelqu'un a renvoyé un revolver au chef de la police ?

Charlie aurait eu de la peine à dire pourquoi il parlait ainsi, le front préoccupé, et peut-être les quelques répliques qu'ils échangèrent à ce moment-là avaient-elles pour lui, presque à son insu, un sens profond, une importance capitale.

— J'en ai entendu parler.

— Il y a des hommes qui ont des fils, dit lentement Charlie. J'en ai un aussi, mais il est encore jeune pour que je m'inquiète. Il vient un moment où les hommes tremblent pour leur fils. Vous n'avez jamais eu de fils, Justin ?

Ce fut de justesse que, cette fois, il évita de prononcer Frankie.

— Je ne crois pas à l'utilité de faire des enfants.

— Vous n'y croyez pas, n'est-ce pas ?

Il avait la gorge serrée. Un épais rideau de pluie s'interposait entre lui et le billard d'en face dont la devanture ruisselait.

À onze heures, un bus partait du coin de City Hall en direction de Calais, où il s'arrêterait juste en face de la grille de la frontière. Et, au-dessus de l'appareil téléphonique, Charlie pouvait voir, sur un carton, le numéro d'appel des trois taxis de la ville.

« *Ne sois pas trop méchant avec Frankie !* »

Luigi avait pris sa décision, laissant à Charlie le soin de prendre la sienne.

— Je ne vous aime pas, Ward.

— Je sais. Je ne vous aime pas non plus.

— Mais vous, vous faites tout ce que vous pouvez pour qu'on ne vous aime pas.

— C'est peut-être vrai.

— Vous n'aimez personne. Vous ne vous contentez pas de ne pas aimer : vous haïssez.

— Je ne prétends pas le contraire.

— Et vous faites aux gens tout le mal possible, même à ceux que vous ne connaissez pas.

Ward se contenta de le regarder de son regard fixe.

— À quel âge avez-vous commencé, Justin ?

— Commencé quoi ?

— La haine.

— Cela vous intéresse tout à coup ?

Peut-être, dans ces derniers mots, y avait-il une pointe de méfiance.

— Oui. Aujourd'hui, cela m'intéresse.

— Parce que vous avez l'intention de me réformer ? Si vous tenez à le savoir, j'ai toujours eu la même opinion des hommes, aussi loin que je me souvienne.

— Même enfant ?

— Même enfant.

— Vous tenez à rester dans cette ville ?

— J'y resterai jusqu'à ce que j'aie le désir d'en partir.

— Il ne vous est pas encore venu ? Il ne vous vient pas ?

— Non.

— Vous êtes décidé à y achever votre besogne ?

— Cela ne regarde que moi.

Ce fut tout. Il y avait comme un vide froid autour d'eux. C'était si vrai que deux ou trois fois Ward se retourna pour s'assurer que la porte était fermée. Puis il se moucha longuement, regarda dans son mouchoir qu'il roula en boule et ouvrit le journal de Chicago.

— Je t'apporte ton café. Tu ne veux vraiment pas aller te reposer un moment ?

— Non.

Un peu plus tard, Kenneth arrêta sa voiture devant le bar et traversa vivement le trottoir.

— Content de te voir debout, Charlie. Sers-moi un double bourbon, veux-tu ? Alors tu as repris le collier ? Plus de fièvre ?

Cela pouvait aussi bien se passer maintenant, en présence du sheriff, et Charlie tendait l'oreille au bruit des autos.

— Sais-tu que, si cela continue, nous allons bientôt récupérer toutes les armes volées ?

— La police a reçu un nouveau colis ?

— Non. Ce matin, c'est moi qui ai trouvé un automatique non enveloppé sur le seuil de mon bureau, et le numéro correspond à un de ceux qui ont été volés chez Goldman.

Le sheriff se tourna vers Ward.

— Cela semble indiquer que vous aviez raison, Justin. Des gens du peuple se contenteraient de jeter l'arme dans la rivière, ce qui leur paraîtrait plus prudent. J'en ai discuté avec mon collègue de la ville et il a dressé une liste des jeunes gens appartenant à un certain milieu. Il reste quatre revolvers en circulation.

— Quatre de trop ! prononça Charlie qui ne pouvait s'empêcher de fixer Ward.

Peut-être Kenneth eut-il un léger soupçon, non de ce qui se passait réellement entre les deux hommes, mais comme de liens étranges entre eux, très subtils ; il préféra ne pas se tracasser, but son verre et s'essuya la bouche.

— On verra bien, pas vrai ? Peut-être à ce soir, Charlie.

— Très probablement à ce soir, oui.

Ward aussi, à ce mot-là, parut flairer quelque chose. Il fronça les sourcils et il y eut de l'inquiétude dans le regard qu'il lança vers lui.

Heureusement pour Charlie, qui avait les nerfs trop tendus, la sonnerie du téléphone fit diversion. C'était un pari pour les courses, qu'il nota à la volée et transcrivit ensuite dans le cahier d'écolier. Quand il redressa la tête, les gros yeux de Justin le regardaient et on aurait dit qu'il se posait une question. Il ouvrit même la bouche pour parler, et Charlie aurait voulu l'aider. Il y avait plus d'une heure qu'il attendait un mot, un seul ou même moins que cela, une simple expression de physionomie qui aurait peut-être suffi à tout changer.

Il l'aurait presque mendiée. Mais Ward se contenta de jeter de la monnaie sur le comptoir et ce fut tout pour ce matin-là, car c'était son heure d'aller manger un *hamburger steak* et une tarte aux pommes à la *cafeteria* d'en face où, à cause de l'humidité, la petite serveuse blonde était plus frisée que jamais.

— Tu ne manges rien, Charlie ?

— Je n'ai pas faim.

— Il faut que tu manges. Je ne t'ai jamais vu une si vilaine tête. Avoue que tu as reçu de mauvaises nouvelles de Luigi.

Il réfléchit un instant, honnêtement.

— Pas mauvaises, non.

— Tu es inquiet ?

— Pas inquiet non plus. J'ai hâte d'être à ce soir, ou à demain matin.

— Qu'est-ce que tu attends ?

Il eut envie de pleurer, soudain, sans raison, là, dans la cuisine, devant sa femme, parce qu'il sentait que ses nerfs étaient sur le point de flancher, parce qu'il ne savait plus, peut-être parce que Justin s'obstinait à ne pas l'aider. Il désira, pour se remonter, entendre la bonne grosse voix de Bob Cancannon et l'appela chez lui.

— Ah ! C'est vous ! fit la vieille gouvernante de son ton le plus agressif. Eh bien ! je vous félicite et vous remercie ! Grâce à vous, je ne vois pour ainsi dire plus Bob et, si vous tenez à le rencontrer, à vous de savoir où aller le chercher.

S'il n'avait pas éprouvé une telle gêne quand il était allé voir Chester Nordell dans sa maison de la colline, il se serait peut-être rendu à l'imprimerie pour bavarder avec lui. Il n'aurait probablement rien dit de ce qu'il savait, rien d'essentiel, mais qui sait s'il n'aurait pas eu l'impression d'être appuyé et si cela ne l'aurait pas aidé à attendre ?

— Tu crois que je suis un honnête homme, Julia ?

— Tu es le meilleur mari et le meilleur père de la terre.

Cela ne répondait pas tout à fait à sa question. Et encore ? Peut-être était-ce justement la réponse qu'il lui fallait ?

— La semaine prochaine, il faudra que j'aille à Calais.

— Je sais.

— Comment le sais-tu ?

— Parce que tu dois acheter mon cadeau de Noël. Quand me diras-tu ce que Luigi t'a écrit de si important que tu as cru nécessaire de brûler sa lettre ?

Ainsi elle était allée voir là-haut. Aurait-elle lu la lettre si elle l'avait trouvée ?

— Pourquoi regardes-tu tout le temps l'heure ? Il doit venir quelqu'un ?

Pouvait-il lui annoncer ce qui allait venir ?

— Nous aurons une journée creuse. Les gens d'ici, dès qu'il neige ou qu'il gèle, on les voit sortir de leur trou, mais ils n'aiment pas la pluie.

Saounders, pourtant, vint boire un petit verre après son déjeuner, et, pour franchir le bout de trottoir, il avait mis un sac sur sa tête et sur ses épaules.

— *Hello !* vieux Charlie, cela fait plaisir de te trouver debout.

Il se retourna, étonné, sur son tabouret.

— Qu'est-ce que tu regardes ?

— Rien.

Une auto était passée, simplement. Elle portait une plaque d'immatriculation du Massachusetts. Cela ne devait pas être ça.

— Tu sais à quoi je passe le plus clair des journées, dans mon atelier ? À fabriquer un guignol pour mes filles. Cinq pieds de haut, avec un vrai rideau qui s'ouvre et assez de place pour que je m'accroupisse derrière. Le menuisier enrage, parce que je suis tout le temps à lui emprunter des clous ou de la colle. Tu attends quelqu'un ?

— Pourquoi ?

— Tu as l'air d'attendre quelqu'un ou quelque chose. À propos de Justin, je l'ai rencontré hier soir à un endroit où il n'aimerait pas avoir été vu.

— Où ?

— Il entrait chez la vieille derrière la tannerie, tu sais ? Il ne m'a pas aperçu et j'aime autant ça. Il n'est pas dégoûté, dis donc !… Charlie !

— Oui.

— Qu'est-ce que je viens de dire ?

— … pas dégoûté, dis donc…

— Pas dégoûté de quoi ?

— Je ne sais pas. Excuse-moi, Jef. Ce sont probablement les drogues qu'on m'a données.

Il passait sous la pluie. *Il* se rendait chez le Chinois. *Il* allait faire son marché, acheter des choses qu'*il* ne mangerait probablement jamais et *il* repasserait dans une vingtaine de minutes, le chapeau dégoulinant, le pardessus détrempé.

Cela aurait sans doute lieu dans la rue, comme d'habitude, et il y aurait par terre un tas sombre et mouillé.

— Écoute, Jef.

— Quoi ?

— Je ne me sens pas bien. Je crois que je vais prendre un petit verre de gin avec toi.

Il suffirait de composer sur le cadran du téléphone le numéro du Chinois, qu'il connaissait par cœur ; de faire venir Justin à l'appareil et de lui dire…

Il éprouva tout à coup le besoin d'aller voir Julia dans la cuisine.

— Tu cherches quelque chose ?

— Non.

Il regardait seulement la dernière photo des enfants qui était au mur au-dessus de la table. Tout à l'heure, ils reviendraient de l'école.

— Où est la petite ?

— Elle s'endormait et je l'ai mise au lit avec sa poupée.

Quand il revint au bar, Saounders était parti. On le laissait seul. Il y avait encore des heures à passer. Le billard d'en face était vide et, dans un fauteuil d'osier, la bouche ouverte, le vieux Scroggins, qui faisait la sieste, avait l'air d'un mort.

Il eut l'idée de téléphoner à Luigi, mais il savait qu'il ne devait pas le faire. À aucun prix. La nuit tombait vite. *Ils* étaient peut-être déjà dans la ville, à se renseigner, à attendre l'obscurité complète. La sonnerie du téléphone le fit tressaillir et il se demanda si c'était eux.

C'était une amie de Julia, qui avait besoin de la recette d'un gâteau, et la conversation n'en finissait pas. Julia, tout en parlant, souriait comme aux anges et tripotait le coin de son tablier.

Ward était repassé. Il entrait chez Eleanor. Il refermait la porte, s'engageait dans l'escalier lugubre, déposait ses paquets dans sa chambre. Est-ce qu'il se regardait dans la glace ? Il repartait, et la vieille Adams ouvrait la porte derrière lui pour lui reprocher de ne pas avoir enlevé ses caoutchoucs et d'avoir laissé des traînées d'eau et de boue dans l'escalier.

Il marchait maintenant en frôlant les maisons, traversait la rue, tête basse, entrait au billard et parlait au vieux Scroggins qui n'était pas mort, mais qui ne se donnait pas la peine de quitter son fauteuil. Il y avait le téléphone aussi au billard. Les deux hommes pouvaient se voir à travers la rue. Justin ne retirait pas son pardessus, ce qui indiquait qu'il allait venir. C'était à nouveau son heure.

Dans les deux établissements, les lampes étaient allumées, et la vitrine de Goldman était éclairée aussi d'un blanc plus cru que les autres, parce qu'il se servait d'ampoules spéciales.

Charlie demanda à Julia, qui avait fini de téléphoner :

— Tu ne veux pas regarder si tu vois une voiture ? J'ai peur de prendre à nouveau froid.

Il sentit le courant d'air, et elle referma presque aussitôt la porte.

— Il y en a une un peu plus loin que chez Goldman.

— Son moteur tourne ?

— Je n'ai pas entendu.

Elle allait rentrer dans la cuisine quand il s'écria brusquement en regardant l'horloge :

— Les enfants !

— Quoi, les enfants ?

— Ils vont revenir de l'école ?

Il décida de mettre son pardessus, son chapeau, d'aller tout de suite à leur rencontre. Mais il n'en avait plus le temps. Justin Ward, en face, avalait une pilule, reboutonnait son veston, son manteau, disait encore quelques mots à Scroggins, la main posée sur le bec-de-cane. Il ouvrait la porte, relevait les revers de son pardessus et baissait la tête pour plonger à travers la pluie de la rue.

On aurait dit que Julia avait deviné, tant elle regardait son mari intensément, mais c'est parce qu'il était devenu d'une immobilité de pierre.

C'est à peine si on entendit le bruit de l'auto, et les quatre détonations eurent l'air de rebondir sur les murs des maisons. Ce qui fut le plus dramatique, ce fut le grincement que la voiture fit entendre en virant à toute vitesse au coin de chez Eleanor pour s'élancer vers Main Street et vers la colline.

Ils ne bougeaient ni l'un ni l'autre. Julia n'avait eu qu'un coup d'œil distrait vers le tas sombre qu'on voyait affalé au bord du trottoir, avec la blancheur d'une main qui pendait dans le ruisseau.

Elle dit d'abord :

— Tu savais ?

Puis ce fut son tour de crier :

— Les enfants ?

Des silhouettes s'agitaient dans l'obscurité du dehors, et Charlie achevait de passer son pardessus. Julia courait après lui pour lui donner son chapeau et son écharpe.

Elle savait bien que ce n'était pas vers l'attroupement qu'il allait, mais vers le coin de la rue où les enfants allaient apparaître d'un instant à l'autre.

On entendit les sirènes de l'ambulance, celles des autos de la police qui déchiraient l'air et, à certain moment, Kenneth Brookes, surexcité, ouvrit la porte en demandant :

— Charlie ?

Alors du seuil, simplement, elle lui montra sur le trottoir son mari qui passait dans la lumière de chez Goldman, tenant un enfant à chaque main.

Tucson (Arizona), le 20 octobre 1949.

Composition réalisée par ASIATYPE

Achevé d'imprimer en août 2010, en France sur Presse Offset par
Maury-Imprimeur - 45330 Malesherbes
N° d'imprimeur : 157298
Dépôt légal 1re publication : septembre 2010
LIBRAIRIE GÉNÉRALE FRANÇAISE - 31, rue de Fleurus - 75278 Paris Cedex 06

31/3391/5